高名凯译文集 9

地区的才女

（法）巴尔扎克 著

海峡出版发行集团 THE STRAITS PUBLISHING & DISTRIBUTING GROUP | 海峡文艺出版社 Haixia Literature & Art Publishing House

目　录

第一部　各大问题的舞台前景

一、桑西尔

在柏利的边境上，罗瓦尔河的旁岸，有一座城市，它的地位必定会引起旅行家的注视。桑西尔占据一派小山岭的最高峰，在涅维尔纳地层的波动的后方。罗瓦尔河泛滥这些山岭底下的土壤，给它们留下一块黄色的涨滩，使它们肥沃，因为有这条罗瓦尔河北支维斯土尔河所常有的猛烈的涨溢，这涨滩从来不会用沙土将这些山岭塞住。山上一堆一堆的建筑着桑西尔的房屋，山顶和河流之间有相当长的距离，使小小的圣提布尔港口能够依靠桑西尔的生活而生存。人家就在这里装上酒，卸下木片，总之，一切罗瓦尔上下流所运输来的货物。

这篇故事发生的时候，戈斯纳和圣提布尔两座吊桥都已经建筑好。从巴黎走意大利大路到桑西尔来的旅客不必再用船在圣提布尔渡过戈斯纳这一段的罗瓦尔河。这不是给您说得相当的清楚：一八三〇年还得有渡河的跋涉吗？因为奥黎昂王族到处爱惜物质的利益，可是有点像丈夫用太太的嫁资来给妻子送礼似的。

除了占据高原的一部分之外，桑西尔的街道多少总是倾斜的，这城市的四周围绕着所谓大堡的堡垒，这名字可以给您相当的指明这座城的道路是宽大的。在堡垒的外边，伸展着一条葡萄田所组成的地带。葡萄酒的酿制是这地方的主要工业，这地方有好多种土产的醇酒，香喷喷的，有点像布尔岗的产品，巴黎的下等酒楼甚至于都把它看错了。所以，桑西尔就在巴黎酒楼中找到快速的消费，这而且是只能够保存七八年的葡萄酒所必要的条件。在城市的下面有几个村落，例如方特纳、圣萨杜尔，这些村落都像是市镇，它们的情形很能够让人家想到瑞士新沙特尔的迷人的葡萄园。城市保留有一些古代的姿态，它的街道是狭窄的铺石路，这石头就是从罗瓦尔的河床里弄到的。人家还可以在那里看到老旧的房屋。封建时代的军事力量的遗留就是塔楼，这塔楼让人回想到我们的宗教战争中最为骇人的围攻，在这一次的攻防战中，我们的加尔维尼派①算是相当的胜过斯各脱所述的加默龙派②。

桑西尔城富有过去的光荣，然而却是军事力量的寡妇，好像天生不能有丰盛的将来似的，因为商业的活动是属于罗瓦尔河右岸的。您刚才所念过的速写可以证明桑西尔的孤立只有更加增大，虽然有两座桥把它和戈斯纳连接起来。桑西尔是左岸的领袖，它至多只有三千五百口的居民，然而现在戈斯纳却有不止六千的人口。半世纪以来，这两座对峙的城市的作用整个的改革了。不过，情景的优势还是属于有历史性质的城市的，因为在那里，人家可到处享受一种柔和的景象，一种清鲜的空气，艳丽的花木；在那里，和这悦人的自然界相调和的居民都是一些和霭的、善良的伴

① 法国神学家加尔维尼（Jean Calvin）于一五三四年入新教，世人道称其徒为加尔维尼派。

② 苏格兰人加默龙（Richard Cameron）创立长老会之一支，其徒称为加默龙派。斯各脱（Walter Scott）曾于苏格兰之清教徒中述加默龙派之生活。

侣，并没有清教徒，虽然三分之二的人民还是信奉加尔维尼派的宗教的。

二、桑德主义

在这种情况之下，如果人家忍受小城市的许多不方便的话，如果人家因为受到这种非正式的监督而把私生活弄成半公开的生活的话，相反的，永远不能够代替家族精神的乡土观念却发达到最高的程度。所以，桑西尔城非常骄傲能够看见生出一位近代的名医毕安仓·霍拉斯和一位第二流的作家——著名的副刊编辑陆士铎·埃田。桑西尔这一地区眼看着自己是在几个地主选举而来的高等人物的压迫之下，就想方法来动摇选举学说的肩轭，因为这学说是把它当做一个选举镇①来看待的。这种因为自尊心被摧残而生的阴谋却因为其中一个分子有高升的希望而妒忌同谋人终于失败了。这结果指示事情的恶劣变化，人家就想在这里加以补救，想在最近选举时从两个在巴黎光荣的代表桑西尔的议员中捧出一个来当地区的领袖。

这种思想在外省是特别发达的。自从一八三〇年之后，教会贵族的任命太多了，结果议院出来的政治家也就越来越稀少了。所以，这相当难于实现的计划就由这一区的“超等的女人”想了出来，不过她也有私人利益的思想罢了。这思想早就根深蒂固的种在这位女人的过去的脑海里，同时又这样清楚的包揽她的将来，如果对于她的已往历史不是加以剧烈的简明的叙述的话，人家就不容易懂得。那时候，桑西尔很骄傲出有一位超等的女人。这位

---

① 依据当时英国的法则，一个选举镇可以选举若干代表（即议员）到议院去。结果，有的时候，只有一个选举人的市镇，却可以举出两个代表。

女人很久以来都是人家所没有赏识的，但是到了一八三六年左右，她就在地区里享有相当的名声。这时候也刚刚好是两位桑西尔人的名字在巴黎名人的范围里达到最高峰的时候，一个是光荣的代表，一个是时文的领袖。各杂志的撰稿人陆士铎·铎田编辑一家拥有八千订户的报纸的副刊；已经当了一个医院的首席医生，选为十字勋级会军官和科学研究院评议员的毕安仓刚刚在医学院得到一个讲座。

如果这句话在许多人看来并没有包含着斥责的意味的话，人家可以说桑德·乔治①曾经发明了“桑德主义”，因为真的就从道德的观点来说，善总是包含有恶的。这个多情的气度腐化了许多的女人，如果她们没有要当天才的野心的话，她们就是很美丽动人的。不过桑德主义也有它的好处，被它所薰染的女人总要把她所谓的超卓性放在秘密的情绪上，她是某种“内蕴的女作家”：结果，就没有多大的烦扰，因为爱情抵消了文学。桑德·乔治的模范所有的最重要的影响就是让人家认识法兰西有过多的超等的女人，她们是相当仁慈的，一直到现在为止，都可以让萨克逊元帅的孙女自由参加这集团。

桑西尔的超等的女人住在拉包特莱伊公馆，这是一所既有城里气又有乡下气的房子，座落在离城十分钟路的圣萨杜尔村里，或者，如果您愿意的话，就说它圣萨杜尔镇好了。正如许多贵族家里所有的情形一样，现今的拉包特莱伊家已经替代了十字军时代闻名天下的拉包特莱伊，而参加了布尔慈历史的大事变。这需要一个解释。

① George Sand是十九世纪初叶法国著名女作家，与巴尔扎克同时。

三、诸位米罗

路易十四朝代，一位叫做米罗的邑吏在废除南特法规的时候皈依新教，参加了他的祖宗所迷醉的加尔维尼派。为着鼓励这种运动在加尔维尼派的一个教堂里的发展起见，国王就把这位米罗派往山林湖沼之中去当一个很高的差事，给他拉包特莱伊绅士的徽章和衔头，把真正的老牌拉包特莱伊采地送给他。不幸得很！著名的拉包特莱伊军佐的后裔堕进了御旨所给异教徒张设的陷阱里，被绞杀了。这是大国王①的一种不大体面的刑罚。路易十五的时候，简简单单的拉包特莱伊·米罗绅士就变成了骑士，而有相当的声望，居然能够把他的儿子骑兵旗手安置在铳卒队里。骑兵旗手死在方特诺瓦，留下一位儿子，后来路易十六就给这儿子一张执照任命他当收赋吏，来报酬这位骑兵旗手丧命战场的功劳。收赋吏特别喜观猜谜、押韵作诗、赞颂妇女，他生活在上等社会中，和涅维尔纳公爵的会社来往，相信得跟随贵族到流放的地方去；但是他却小心翼翼的带着他的资本一块儿去。所以，这位富庶的移居人就支持了不只一个贵族的家庭。因为懒于再希望，也许也因为懒于再借钱给贵族，他就在一八〇〇年回到桑西尔来，用自尊心和贵族的虚荣的情绪赎回了拉包特莱伊。邑吏的儿子而有贵族的虚荣心，这是可以了解的；但是在总裁时代②，和从前的收赋吏不大希望承继人去继续拉包特莱伊的职务一样，这种虚荣心也没有多大的前途。拉包特莱伊·米罗·约翰—阿丹那斯—波里多尔是收赋吏的独生子；出生的时候他就不只是细小而已！这

---

① 即路易十四。

② 即拿破仑未称帝前任第一总裁的时候。

显然是一种早期枯竭的血统的结果，因为他从事于一切未老先衰的时期还结婚而终于毁坏了社会地位的富人们所从事的过分的欢乐。

放逐移居的时候，没有任何财产，只因为是贵族而出嫁的拉包特莱伊夫人居然有耐心来抚育这位黄瘦的孩子；她对这孩子有一种一般母亲们对于早生的婴儿所有的格外的爱护的情绪。这位太太，拉都尔卡特兰家的一位小姐的死亡，使包拉特莱伊先生更加坚决打算回到法兰西来。这位米罗家的吕古律斯①死去时，给他的儿子遗赠了不能征收卖地税，然而却有用徽章来飘荡的验风机的采地，一八〇二年可以算是相当大数目的一千金路易和他所借给最著名的被放逐的贵族的债据。这些债据其实都是存放在他的诗囊里，而写有这么一句话：虚荣之中的虚荣，一切都是虚荣。

如果这年青的拉包特莱伊活着的话，这应当是他那寺院式的规则化的习惯，方登纳尔②所认为多病的人的宗教的行为的节省，特别是桑西尔的空气，罗瓦尔溪谷里一个四十法里范围的可爱的风景区的功劳。自从一八〇二年到一八一五年之间，小小的拉包特莱伊又给从前的采地增加了许多葡萄园，也很勤紧的种植葡萄。最初，他觉得复辟是这样的摇移不定，他甚至于不敢到巴黎去要求收回他的权利；但是拿破仑死了之后，他就想方法利用他的父亲的诗囊，因为他并不懂得这债据和谜语的混合所表现的深刻的哲学。这位葡萄种植人费了许多的时间让拿发莲公爵和其他的公爵认识他（这是他自己的说法），他不得不再回到桑西尔来，因为

① Lucullus 是罗马的将军，曾征服过班贝（Pompéo），回来后，以奢侈闻名。

② Fontenelle 是法国十七世纪十八世纪之间的文学家，在福尔泰尔之前享有最大的盛名。

他那可爱的收获等着他，除了要他忙个不休以外，没有让他得不到任何的东西。复辟使贵族相当的显耀，拉包特莱伊也就想生一个孩子，使自己的野心有点意义。这夫妇生活的权利在他看来是成问题的，至少也是太晚的；但是，一八二三年年底，看到自己四十三岁了，到了医生、天文学家、助产婆都不敢给他预言的年纪还很健康，他就希望用强制的方法来得到他的补偿。然而，他的选择和他的困难相比较正好指出了他是如何的疏忽，外省的狡猾怎么不会从其中看到一个深刻的计算呢？

四、迪娜

这时候，布尔慈主教大人刚刚好使一位属于一家最初支持加尔维尼派而幸亏因为地位的低微或是上天的保佑没有受到路易十四的迫害的中产阶级的家庭的后裔皈依天主教。毕埃德弗一家在十六世纪是工匠，这一家的名字可以使人想到新教派的兵士互相呼唤的一个奇怪的绰号。后来，他们就变成了老实的毛布商人。在路易十六朝代，毕埃德弗的生意未免太坏了，甚至于当他死的时候，一七八六年左右，他只让两个孩子与穷苦为邻。弟弟毕埃德弗·西拉斯到印度诸地去，把这一轻微的承继放弃给他的长兄。革命的时候，毕埃德弗·莫伊斯买了国家财产，跟他的祖宗一样的斥毁修道院和教堂，然而奇怪得很，却娶了一位信奉天主教的女子，一个死在断头台上的国约会议派的独生女。这富有野心的毕埃德弗于一八一九年去世，给妻子留下一份因为农业上的投机而赔累的财产和一位美丽惊人的十二岁女儿。生长在加尔维尼派的宗教怀抱里，这个女孩子就取了迪娜这个宗教名，因为依据习惯，加尔维尼派的宗教家都是用圣经里的名字来做宗教名，免得和罗马教的圣人有同样的名字。

母亲把毕埃德福·迪娜小姐送到布尔慈一家最好的学舍去寄宿。这学舍是诸位仓玛罗尔小姐所创办的。因为她的品格和她的美貌，她就在学舍里出了名。但是，她也在那里感觉到许多不如贵族的女郎，不如富家女的压迫，因为她们将来在社会上应当可以比一位母亲还在等待着毕埃德弗财产的清算的农家女更能出人头地。看到了自己只是暂时超过同伴，迪娜就想在生活里要和贵族的富家小姐们站在平等的地位。所以，她就发明一种方法背叛加尔维尼派，希望天主教的红衣主教能够保护她的精神的征服，能够注意她的前途。您已经可以判断到迪娜小姐的超越性，自从十七岁之后，她就完全因为要满足她的野心而信奉天主教。深知毕埃德弗一定会变成世界的一个装饰品的总主教就想方法把她嫁给人家。司教所询问的家庭都骇怕这个赋有公主一般的威风，寄宿诸位仓玛罗尔小姐学舍中最为聪明伶俐的，总是非常神气的收到奖赏的少女。无疑的，胡多瓦地产所能产生的一千厄古年金，再经过母女二人的分摊，和这位这样聪明的女人的特点所要牵累丈夫的用度相比较，简直是微乎其小。

自从短小的拉包特莱伊·波里多尔听见了这些全哲尔省都在谈论的详情之后，他就到布尔慈去。那时候，举行一切宗教日课的毕埃德弗夫人和她的女儿一样差不多决定要去擒获第一只戴帽来的狗，依据柏利人的说法来说。如果红衣主教很高兴能够碰到拉包特莱伊先生的话，拉包特莱伊先生却更高兴能够从红衣主教手里得到一个女人。这位短小的男子要求主教大人正式答应他，在内阁总理大臣身边保护他，使他能够从拿发莲公爵和其他公爵的津贴费里拿回他们所欠的债务。这方法在能干的马尔桑大楼的大臣[①]看来未免是过分的激烈，他让葡萄种植人知道人家要在合适的时地来帮忙他。

每一个人都可以想象得到拉包特莱伊的无稽的婚姻在桑西尔所产生的骚动。

“这可以自己解释出来，”布瓦路慈院长说，“人家告诉我说这位矮个子听见人家说：美丽的米罗先生，那维尔的检事曾在梅伊道上指着拉包特莱伊的塔楼对克拉疑先生说：‘这将来就要回到我的手里来！’我们的检察官就回答说：‘但是，他可以结婚，可以生孩子。’‘这是他所不可能的！’矮个子个听了这些话，不禁大受打击。您可以想象一个像拉包特莱伊一般的矮个子要对这位粗大的米罗怎么样的怀恨。”

在那维尔存在着一支平民的米罗，他们以制刀致富，甚至于这一支的代表居然能够接近检察官的事业，在那里受到已故的马尔仓儿的保护。

五、一种还债的办法

也许简略的叙述拉包特莱伊先生在巴黎的交涉结果可以让我们明白这篇故事中关于拉包特莱伊先生所最忙碌的卑劣的物质利益的部分。这并且可以解释现代政治史的许多的神秘和复辟时代大臣们所遇到的隐伏的困难。内阁的许诺未免太不兑现了，拉包特莱伊先生只好到巴黎去，那时候，红衣主教刚刚好也应召到议院去开会。拉包特莱伊先生所威胁的第一个债务人拿发莲公爵是这样和他周旋的。有一天早上，这位桑西尔人看见有一位懂得清

---

① 即维勒尔（Villèle），复辟初期，马尔桑大楼曾为安古莲公爵的公馆。

算法则的大臣们的心腹到他所住的地方，王多姆广场，圣奥瑙利街的马茵斯旅馆来。这位娴雅的人物从雅致的两轮轻马车里出来，穿着一身最为漂亮的服装，却不得不登上第四层楼，在细小的第三十七号房间里，惊动了这位正在火炉上煮咖啡的外省人。

“我是不是荣幸看见到拉包特莱伊·米罗先生呢？……”

“是的。”矮个子一边回答，一边穿好他的屋内便服。

一眼窥视了这一个毕埃德弗夫人所缝凑的外衣和已故的拉包特莱伊夫人的袍子的混合物之后，这位交涉员就发现这个人，这件屋内便服和这个上面放有一只正在温牛奶的白铁罐的小瓦炉都是太特殊的，他立刻就判定他的奸计是无用的。

“我敢打赌说，先生，”他大胆的说，“您是在王宫雨尔宾饭馆里花四十苏吃一顿晚饭的，不是吗？”

“为什么呢？”

“噢！我所以认识您，因为我在那里看见过您，”这位巴黎人答辩说，他还保持他的严肃态度，“一切王公们的债权人都在那里吃饭。您知道人家好容易才能够用一成的价钱去买大人先生们的债票……我不会给您百分之五去买已故的奥黎昂公爵……（他低下声音）国王御弟的债票……”

“您要买我的票据吗？”葡萄种植人说，他还以为是聪明。

“买！……”交涉员说，“您当我是什么人呢？……我是吕博尔先生，内阁员外郎，部里的秘书长，我是来陪您提出一个调解的方案的。”

“什么方案呀？”

“先生，您不会不知道您的债务人的地位……”

“我有许多债务人。”

“好罢，先生，您知道您的许多债务人的地位；他们都是国王所宠爱的，可是他们都没有钱，还得到外边去应酬。……您不会不知道政治上的困难：在强有力的平民之前，权贵阶级要重新建造。法兰西人并不赞同国王的想法，因为国王要依据英吉利的模样创造一种国家的世卿制度。为着实现这个理想起见，我们得有许多年的时间和几百万的金钱……贵族有责任！您认识拿发莲公爵，他是王家大臣，他并不否认他的债务，但是他不能够……(请您想一想！请您判定一下政治的情形！我们都是从革命的地狱里出来的。您自己也是贵族！）所以，他不能够还您……”

“先生……”

“您太激奋了，”吕博尔说，“请您听我说……他不能够还您现钱；好罢，您是这么聪明的人，人家可以用官爵来付还您……从王室方面，或是内阁方面。”

“什么！一七九三年，我父亲说不定给了十万？……”

“亲爱的先生，请您别回驳！请您听听一个政治计算的提议：桑西尔收税官的缺正空着，一位从前的军队发饷官有权利得到这位置，但是他没有运气；您倒是有运气，然而您却没有权利；您可以得到这收税官的职务。您可以当一季的官，然后就请您辞职，而葛拉维埃先生也就会给您两万佛郎。另外，您还可以得十字军勋级会的大绶。”

“这倒是个玩艺儿。”葡萄种植人说，他大半是受这数目的饵诱，而不是受这绶带的诱惑。

“但是，”吕博尔接着说，“您得感谢大人的好意，把一切的债票都还给拿发莲公爵大人……”

葡萄种植人带着收税官的衔头回到桑西尔来。六个月之后，帝政时代一个最可爱的财政家葛拉维埃就代替了他，葛拉维埃先生当然是由拉包特莱伊先生介绍给他的妻子的。

卸职之后，拉包特莱伊先生又到巴黎来跟其他的债务人解释。这一次，他就拜命为铨叙局参议、男爵和十字勋级会的军官。再把参议的职务卖了之后，拉包特莱伊男爵又给最后的债务人拜访了几次，带着内阁员外郎的衔头重新在桑西尔出现，当了涅微尔纳一个不记名会社的王家监督，六千佛郎的薪水，真是个拿干薪的闲缺。在财政上做过疯狂的拉包特莱伊好好先生可以说是娶了一位有用的太太了。

谢谢他的贪鄙，谢谢他所得到的一笔关于一七九三年由国家公卖的父亲的产业的赔偿，这位矮个子居然在一八二七年左右实现了他的平生的梦想！付了四十万佛郎的现款，订了一些罚他六年的光景用时代的空气来生活（用他自己所说的话来说）的契约，他居然能够在罗瓦尔沿岸，桑西尔以外两法里的地方购买到当施的土地；这地方的伟大的别宫是德琅尔姆·菲力伯尔所筑的，是有知识的人的真正的崇拜对象。五百年来，这地方都是属于乌克西尔一家的。于是，他就算是一个乡土的大地主了！我们不能够确信用当施的土地，拉包特莱伊的采地和胡多瓦的田地所组成的世袭财产（领有一八二九年十二月的执照）所生的快乐到底可以补偿迪娜的苦痛到什么程度，一直到一八三五年为止，迪娜都是过着秘密的赤贫的生活。谨慎的拉包特莱伊不答应他的妻子在付完最后一笔房价之前住在当施，也不让她在那里作任何的更动。看了一眼这拉包特莱伊家的第一男爵的政策，我们也就可以整个的了解这个人了。那些熟识外省人的奇癖的人可以看出他有一种土地癖，这是种吃人的奇癖，炽烈的嗜好，陈列在太阳之下的一种吝啬，常常可以使人因为失去抵押的利率和土地的生产之间的平衡而走到破产的地步。那些看见矮个子拉包特莱伊在圣提布尔奔驰，用中产阶级的酸涩去办理事情，依靠葡萄园来生活的人，他们自从一八〇二年以来就一直窃笑拉包特莱伊到一八二七年为止。那些不大懂得他是如何得到宠幸，如何一丢了差事又立刻重新得到新职的人，当这狮头蚁等着莫夫利额士公爵夫人因为挥霍过度不得不售卖土地，而朝着他的猎获物跳去的时候，他们终于猜透了这个谜。

毕埃德弗夫人来跟她的女儿住在一块儿。岳母只要一笔一千两百佛郎的养老金，而把胡多瓦的田地都让给她的女婿。把拉包特莱伊先生的产业和岳母的地业凑在一起，就可以明显的产生差不多一万五千佛郎的年收。

六、如何变成超等的女人

结婚的初期，迪娜在家里改变了一些部分，使拉包特莱伊的房子变成非常的可爱。她把大院改成英国式的花园，在那里拆下了食物贮藏室、果汁压榨机和污卑的厕所。她又在大田宅之后（一种颇具特性的带有护楼和屋彭的小建筑）布置了第二个种有草丛、花木和浅草的花园，用一道满布着攀爬植物的墙把它和葡萄园隔开。总之，她是利用收入所允许的可能的力量来尽量的使家中的生活舒适。为着不让迪娜这样高超的少女吞灭下去起见，拉包特莱伊先生就狡猾的不告诉她他在巴黎所收到的账。这个因为个人的利益而严守的秘密可以产生一种我也说不出来的神秘的特性，使他在结婚初期的几年中变成妻子眼里的伟人，因为缄默是有威严的！

拉包特莱伊公馆的修葺给人家感应一种要来看看这位年青新娘的欲望。这欲望和迪娜之不愿意在获得一切安乐，研究本地，尤其这岑寂的拉包特莱伊之后才去露面，才去接待客人，是同等的程度。一八二五年春天，当人家看见美丽的拉包特莱伊夫人穿着蓝色丝绒袍和穿黑丝绒袍子的母亲一同在梅伊道上散步的时候，全桑西尔就喧嚣的称赞。这服装证实了这位生长在柏利省会的少妇的超卓性。接待这位布尔慈凤鸟的时候，人家只怕没有说些相当聪明的话语，人家也自然而然的在拉包特莱伊夫人面前装着自大的神气，夫人给一群妇女产生了一种恐惧。

当人家在拉包特莱伊客厅里崇拜一张好像羊毛织成的地毡，一副镀金的木家具，织锦的窗帘，在一张圆桌上崇拜一只满插花朵，放在新书中间的日本纸筒的时候；当人家听说美丽的迪娜不必什么练习打开乐谱就可以坐上钢琴弹奏的时候，人家对于她的超卓性的观念也就越来越大了。为着永远不让自己做些疏忽和不合趣味的事情起见，迪娜就决定要知道时装和奢华的一切变动情况，她和当年的仓玛罗尔学舍的知心朋友葛落色德特·安娜常常通信，打听消息。

安娜是布尔慈税务总局局长的独生女，谢谢她的幸运，她嫁给了方登伯爵的第三个公子。所以，到拉包特莱伊来的女人们都常常因为迪娜懂得应用时装的优越性而受到伤刺；无论她们如何的努力，她们总是落伍的，或如一般爱好赛马的人所说的，总是拉得很远的。如果这一切的琐事都可以引起桑西尔妇女的恶意的妒忌的话，迪娜的谈吐和她的神采也给她们产生了真正的厌恶。为着要与巴黎的运动并驾齐驱起见，拉包特莱伊夫人没有在任何人家里忍受空虚的谈论、落伍的媚语和毫无价值的词藻；她干干脆脆的拒绝啰里啰唆的胡说一些小消息，拒绝这组成外省语言的低级的谩骂。她喜欢谈论科学和艺术的发明、戏剧和诗词的新作品，她好像能够用推动时髦词藻的方法来推动她的思想。

桑西尔的本堂教士杜勒是从前法兰西僧侣中的一位老头儿，他是一个上流社会的人物，平常最喜欢打牌，然而却不敢在桑西尔这样自由的国度里来放纵他的嗜好。所以，他很欢迎拉包特莱伊夫人来，他和她相处得非常的融洽。县长是一位查尔慈塔夫子爵，他也非常高兴能够在拉包特莱伊夫人沙龙里找到一个沙漠中的绿洲，可以在那里调剂外省的生活。至于检察官克拉疑先生呢，他对美丽的迪娜的崇拜也把他钉在桑西尔。这位多情的法官不接受任何的高升，宁可神圣的爱慕这位如此温雅、如此美丽的天使。他是一位高大而干枯的人，装有两只可怕的眼睛，漆黑的眼眶，两道浓厚的眉毛的不安分的相貌；和他的爱情不同，他的辩才并不缺乏讥讽的成分。

葛拉维埃先生是个又粗又胖的矮小的人物，他曾在帝政时期唱过悦耳的短歌，他之所以能够取得军队发饷官的职务也就是依靠这个才能。在西班牙的时候，他曾和几个那时期属于反对派的指挥官有过利益上的瓜葛，他懂得在大臣身边利用这个议会上的关系；大臣看见他丢了职务，就答应他当桑西尔的收税官，终于让他买了这个官位。轻佻的精神，帝政时期的作风又在葛拉维埃先生身上加倍增强了；他不懂得，也不愿意懂得复辟时代和帝政时期之间的风尚的差异；但是他却自信比克拉疑先生高明，自信他的服装最有趣味。他追随时装，显示他的黄色背心，黑色裤，他那又紧又小的礼服，他的脖子上所结的是一些饰有钻石的环子的时髦的绸领带，然而检察官却没有离开他那常常破损的黑礼服，黑裤子，黑背心。

这位人物最早赏识迪娜的趣味和她的雅致，他们就宣布，认为迪娜是智慧最高的女人。于是，女人们彼此之间就说着：

“拉包特莱伊夫人一定会巧妙的讥笑我们……”

这意见多少是正确的，结果就阻止女人们到拉包特莱伊来。迪娜是村学究的派头，因为她所说的话都是正确的，她也因此得到一个雅号，叫做圣萨杜尔的萨浮[1]。每一个终于都厚颜不惭的讥讽这位桑西尔女人们的仇敌，这位美妇所冒称的超越的天资。最后，人家甚至于都否认她所有的这个喜欢揭扬人家的无知而不宽

① Sapho系希腊的著名女诗人。

恕无知的所谓超卓性，认为只是比较上的超卓而已。大家都是伛偻的时候，美丽的身躯就是奇形怪状了；迪娜于是就被人认为是怪诞而危险的，她的身边也就变成荒凉的了。迪娜很奇怪虽然有她的优点却只能够在长时期的间隔和几分钟的拜访里看到女人们，她就问克拉疑先生这现象的原因。

“您是一位太乎超卓的女人，其他的女人怎么会喜欢您呢！”检查察官回答说。

在可怜的孤立的女人的询问之下，葛拉维埃先生让步于她紧迫的请求。他对她说：

“可是，美丽的贵夫人，您不只有动人的美丽，您还有智慧，您还受过教育，您认识一切的著作，您爱好诗词，您是音乐家，您有迷人的谈吐：女人们并不宽恕您有这样的超卓性！……”

男人们都对拉包特莱伊先生说：

“您有一位超等的太太，您真有福气……”

于是，他就说“我，我有一个超等的妻子，我真是很……”等等。

因为女儿而被逢迎的毕埃德弗夫人也敢于说这一类的话：

“我的女儿，她是一位非常超卓的女流，她昨天还给方登夫人写了许多东西哩。”

在认识世界、法兰西、巴黎的人看来，许多的名声不都是这样建立起来的吗？

七、拉包特莱伊先生的性格

两年之后，一八二五年年底，拉包特莱伊·迪娜被人责骂只愿意接待男人；人家又认为她之疏远女流是个罪状。她所有的一切举动，甚至于最不相干的，没有一个可以免除人家的批评或是人家的谩骂。做了一位受过高等教育的女人所能做的一切牺牲之后，把一切的礼貌都放在一边之后，拉包特莱伊夫人又做了一个错事，因为她回答一位来叹惜她的孤独的虚伪女朋友说：

“我宁可要我的碟子空着，不要里边盛些不相干的东西！”

这句话在桑西尔发生了极乎可怕的效果，后来，人家看见她结婚五年而没有生孩子就讥笑矮个子拉包特莱伊先生，这句话也就被人家拿来残酷的反讥驿萨杜尔的萨浮了。为着了解这种外省的笑谑起见，人家就得回想到那些认识黑罗维尔公爵的人所说的话，人家说公爵是欧洲最勇敢的人，因为他敢于用两条腿走路，人家也责骂他说他曾把铅放在鞋子里，免得整个人被风吹走了。拉包特莱伊先生是个有点透明的黄脸色的矮个子，他一定会被黑罗维尔公爵请去当家臣，如果法兰西的厩总管当心巴德的大公爵的话。拉包特莱伊先生的腿胫是这么的细，他甚至于不得不合礼的加上两只假腿肚，他的腿股好像是一个结构健全的男人的手臂一般，他的上半身就像是“糊涂虫”的身躯，他应当是黑罗维尔公爵的永远的诏媚。走路的时候，这位矮小的葡萄种植人常常把腿肚翻在胫骨上面，因为这并不算是怎么的神秘，而他也感谢那些告诉他这小错误的人。他一直穿短裤，穿黑丝裤和白背心到一八二四年为止。

结婚之后，他穿蓝裤和高跟靴，这让人家在全桑西尔说他要加上两寸，因而能够到达他的妻子的颔部。十年之间，人家都看见他穿着同样的带有大的白色金属钮扣的绿色礼服和一条黑色领带，这领带可以使他那只装有两颗猫眼一般的精细镇静的灰蓝眼的冰冷而尖钻的脸孔。和一切依照计划进行的人一样的温和，他好像是使妻子非常的幸福似的，因为他从来没有逆忤她的神色；他让她说话，只慢慢的行动，然而这行动都是用昆虫一般的坚毅来进行的。

当拉包特莱伊夫人被发问关于贩卖黑奴的问题的时候，他的丈夫就一声不响地进去了。

因为无比的美丽，因为高超的精神而得到桑西尔最正经的男人的崇拜，迪娜是用她的谈吐来维持这崇拜的，后来人家就说这谈吐是她事先预备好的。看见自己是被一群男子五体投地的倾听，她也就渐渐的习惯于倾听自己的话语，喜欢高谈阔论了；结果就把她的朋友们看做是特别生来给她答辩的知己。她而且还从书本或客人的思想里搜集了一些美丽的词藻和思想，而变成一种风琴，只要谈话的偶然机会拨动了动机，这风琴的乐曲就一直的奏了出来。受到知识的熏陶（我们得公平的承认她这一点），迪娜阅读一切的书，甚至于医学、统计学、科学和法学的书；因为她巡视了花木，给园丁吩咐一些事情之后就不知道如何利用她的早晨，赋有强记和某些妇女们用以讽刺的才能，她能够用一种细加研究的作风的敏悟品评一切的事物。因此，左岸的戈斯纳、沙里特、那维尔，右岸的勒礼、发伊、达尔庄、布兰卡福尔，杜毕疑等地的人都来让人介绍给拉包特莱伊夫人，正如瑞士人要让人介绍给施达埃尔夫人一样。那些只听一次这瑞士的制烟女郎的乐调的人都是昏头昏脑的走了，给迪娜说了许多的好话，使周围十法里的女人都变成妒忌的。

在人家所感应的崇拜里，或是在一个有意要把戏的动作里，人家不知道那一种的迷醉不会让批评走到崇拜偶像的地步。神经的不断的膨胀所生的空气可以造成一个顶上圆光，而人家也就可以从这里透视世界，觉得世界是在自己之下。不然的话，我们得如何的解释约束同一效果的新表现的永恒的信仰呢？我们得如何解释父母们所最怕的孩子们或是熟识妻子的无罪的放逸的丈夫们对于他们的父母妻子所加的劝告却得到不断的嫌怨呢？拉包特莱伊先生有一种天一下雨就打开伞的男子的诚实。当他的妻子被发问关于贩卖黑奴或是改善徒刑的命运的问题的时候，他就拿了他的蓝色帽，一声不响的逃了，确信能够到圣提布尔去监督售卖葡萄酒，再于一个钟头之后回来找到正在谈得起劲的讨论。如果他没有事情可做的话，他就到梅伊路上去散步，从那里，他发现美丽的罗瓦尔河的溪谷的全景，而在他的妻子举行一种语言的音乐演奏和对辩的合奏的时候在空气里洗了一回澡。

八、几个迪娜的情人的典型的行为

一旦取得超等女人的名望，迪娜就想给她对于艺术的最可注意的发明的爱好一些明显的保证，她热烈的参加浪漫派的意见，在艺术中懂得诗词和绘画，书本和雕塑，家具和歌剧。她也变成了中世纪的崇拜者。她也搜集一些可以说是文艺复兴时代的古董，叫她的忠实的朋友们给她诚实经手收买。于是，在结婚的最初日子里，她就在一八二四年春天，从伊苏当的拍卖场中得到了鲁志家的家具。她在涅维尔纳和高罗瓦尔买到了不少非常美丽的物品。年节的时候，或是生日的时候，她的朋友们总没有忘记给她送些稀罕的礼物。这些癖好是拉包特莱伊先生眼中所宽恕的，他好像愿意为他的妻子的嗜好而牺牲一些金钱，但是事实上，这位喜欢土地的人是在幻想他的当施。那时候，这些古董的价钱远在近代的家具之下。五六年的光景，等待室，饭厅，两间客厅和迪娜在拉包特莱伊地面层里所安置的化装室，一切的一切，甚至于楼梯的围墙都充满着这些从毗邻四省选拔而来的艺术杰作。这种环境，本地人所认为奇怪的环境刚刚好是和迪娜相调和的。这些几乎要重新变成时式的绚烂的物品就引起了被人介绍到这里来的人家的幻想，他们期待着怪诞的观念，而他们却发现他们的等待是超出望外的，因为他们在一个花木的世界里看见到这些好像已故的苏默拉德家所有的古物的埋藏窟，这家具的 Old Mortality（老墓）！这些发现而且是一种发动机，只要发一个问题，就可以喷出许多关于古庄·约翰、哥仑布·米赤儿、毕郎·日耳曼、布尔、雨伊西恩、柏利的伟大画家布赤埃，关于木刻家克罗迪昂，关于威尼斯的细木工，关于布鲁斯多仑、意大利的高音歌唱家、绿榛树的米赤儿一安玑，关于十三、十四、十五、十六、十七等世纪，关于巴里西·伯纳的珐瑯、毕迪多的珐瑯、杜勒·阿尔布勒吓特（她说为杜儿·阿尔布勒吓特）的雕刻，关于著色的羊皮纸，关于灿烂的、光焰的、加饰的、洁净的高特式的建筑的演讲，来推翻老年人，来感化年青人。

因为要使桑西尔有生气，拉包特莱伊夫人就想在那里组成一个所谓文艺社。法院院长布瓦路慈先生那时候正好从博宾萝一仓地埃的承继里得到一所带花园的房子，他怂恿她来创办这会社。这位狡猾的法官就来和拉包特莱伊夫人讨论订立合同，他要当这会社的一个创办人，而把这所房子租给文艺社十五年。自从第二年起，人家就在那里玩牌，打弹子，耍“倍伊约特”牌，喝温热的葡萄酒、五味酒和甜酒。人家在那里享受一些丰美的宵夜，举行几次狂欢的假面跳舞会。在文艺方面，人家就在那里念读杂志，人家在那里高谈政治，人家在那里讨论事务。拉包特莱伊先生很殷勤的到那里去，他打趣说，这是因为他的妻子的缘故。

这些结果使这位超等的女人伤痛，她对桑西尔很感失望，从此之后，她就把本地的一切精华都集中到她的客厅里来。虽然有查尔慈塔夫先生，葛拉维埃先生，克拉疑先生，杜勒教士，正副两检事，一位年青的医生，一位年青的候补承审员，这些盲目崇拜迪娜的人物的好意，然而有的时候，在懈怠的争论中，人家总还走到有意思的琐事的范围里，这些琐事是组成世俗的闲谈的共同的基础。葛拉维埃先生管这个叫做从严重走到和谐。杜勒教士的魏斯特牌是个有效的牵制，可以打消神圣的独吟。三位竞争者因为集中精力来讨论最为高尚的问题而觉得疲惫，（他们就用这句话来表现他们的谈论的特征）可是他们却不敢表示任何厌倦的神气；有的时候，他们就用阿谀的神色转过身来，走到老教士这边来。

“教士先生死也要打牌。”他们说。

聪明的教士很会顺从同谋者的假意，他反抗，他喊着：

“我们没有听美丽的天才吟诗，我们未免损失太大了！”

于是，他就激动了迪娜的欢心，结果迪娜也就怜悯她的亲爱的教士了。县长所发明的这种大胆的权术是用这样的巧诈来实行的，迪娜甚至于都没有怀疑到她的囚犯们是有意的逃到牌桌那边去：人家就让年青的检事或医生去受罪。一位年青的地主，桑西尔的花花公子，因为一些疏忽的行动而丢掉了迪娜的宠爱。坚决请求让他荣幸加入这文社之后，自吹能够从培植这文社的美花的权威者手里夺取这朵美花之后，他却不幸在迪娜第四次赏脸给他解释康德的哲学的时候打了呵欠。柏利历史学家的文孙拉多马西埃先生就被她认为是个毫无智慧、毫无灵魂的男子。

三位名义上的情人花费了过分的精神和注意，希望能够在迪娜和顺的时刻得到最为甘美的胜利，因为他们之中任何一个人都不敢想在她没有消灭她的幻梦之前她会丢掉她的夫妇生活的贞操。一八二六年，就是她觉得到处被人恭维的时期，她到达了二十岁的年龄，杜勒教士使她对天主教发生狂热；崇拜迪娜的人都自满能够给她贡献许多的照应，他们给她服务，给她看顾，自喜能够被那些到拉包特莱伊来过一两次夜会的客人认为是这位王后的勋级骑士。

“拉包特莱伊夫人是一颗应当让它成熟的果子。”这是在等待的葛拉维埃先生的意见。

至于法官呢，他就写了许多四张纸长的信，而迪娜的回答就是饭后在园中草地散步时靠在崇拜者的手臂上所说的几句安慰的话。因为有了这三个爱情，那时候还由信虔的母亲来陪伴的拉包特莱伊夫人就避免一切的诽谤的恶果。桑西尔人都明了清楚这三个人中没有一个会让其中的一个单独接近拉包特莱伊夫人，他们的妒忌会在那里弄出可笑的滑稽剧。从凯撒门到圣提布尔有一条比走大堡短得多的路，一般多山的地方都管这种路叫做小路，然而桑西尔人却管它叫做险路。这名字已经相当指明这是一条经过山上最倾斜的地段，满堆石头，被葡萄园的斜坡所包围的路。取了这条险路，人家就可以缩短自桑西尔到拉包特莱伊去的路程。妒忌圣萨杜尔的萨浮的女人们都在梅伊路上散步，来观看这权贵的郎苍[①]，她们常常拦住这些权贵，跟他们谈论县长或是检察官，他们也就显示出不耐烦的无礼的神色。因为人家可以从梅伊看到拉包特莱伊的护楼，许多年青人都到这里来欣赏迪娜的住宅，来羡慕十来个有权利到这桑西尔的王后身边来过夜会的熟客。拉包特莱伊先生不久就注意到他的丈夫的资格使他从妻子的情人方面所得到的好处。他用最诚实的态度来利用他们，而得到许多减税的便宜，赢了两次小官司。在他的一切争讼中，他总要叫人家预告检察官他的意见，让他不至于逢到不利。和一切的矮人一样，他在事业上都是难说话的，都是喜欢打官司的，不过他是温和的进行罢了。

但是，拉包特莱伊夫人越是贞洁无玷，她的地位在女人们的好奇的眼里也就变成越不可忍的。在布瓦路慈院长夫人家里，某年纪的贵妇们常常是整夜的谈论（当然是在她们之间的谈论）拉包特莱伊的家事。一切的女人都预先感觉到一个神秘的事态，这种秘密是认识生活的女人们所大感兴趣的。拉包特莱伊正扮演着

---

① 郎苍（Longchanmp）系巴黎附近的女修道院，曾出过一些丑事，后于一七九〇年关闭。

一幕悠长而单调的家庭悲剧，这种悲剧将要永远埋没无人知晓，如果十九世纪的贪婪的解剖刀不在寻求新鲜的必要之下去开发心中最为隐蔽的角落或数世纪前的贞洁观念所尊敬的角落的话。这家庭的悲剧可以相当解释迪娜婚后最初几年的德性。

九、许多家庭的内幕

一个在仓玛罗尔学会中以骄傲成功的少女，一个用第一次的胜利来补偿第一次的计算的少女，她不应当在这么好的路途中停顿不前。无论拉包特莱伊先生显得如何的瘦弱，他在毕埃德弗·迪娜小姐看来总是出于意外的佳婿。这个和十七岁的女郎结婚的四十四岁的葡萄种植人，他能有什么存心呢？他的妻子能够从他身上取到什么好处呢？这是迪娜所默思的第一本教科书。短小的人物不断的欺骗他的妻子的观察。所以，他开头就同意让人家买去了拉包特莱伊周围的两块宝贵的土地，差不多非常慷慨的拿出了七八千佛郎，给迪娜去进行内部的安排，迪娜因此也就能够在伊苏当买了鲁志的家具，能够在她家里实现中世纪、路易十四和邦巴杜尔的装饰。年青的新娘那时候并不容易相信人家所说的拉包特莱伊先生的吝啬，不然的话，她就会以为她已经得到一点儿控制他的威望。这错误的认识经过了十八个月。

拉包特莱伊先生第二次到巴黎去之后，迪娜就在他身上认识出外省吝啬人在金钱方面所有的冷若冰霜的态度。第一次要求金钱的时候，她是用来自夏娃的秘密去演一幕最为温雅的喜剧的；但是这位短小的人物却干干脆脆的解释说他只给她二百佛郎的月费，作为她个人的花销，为着胡多瓦的土地，他要给毕埃德弗夫人拿出一千二百佛郎的养老金，所以总是每年都超过了一千厄古的嫁资所应得的数目六百佛郎了。

“我不是跟您谈到我们家里的用费，”他结束着说，“我让您晚上给您的朋友们弄出一些鸡蛋糕和茶水，因为您得消遣消遣；但是，我，我在结婚以前每年花不到一千五百佛郎，现在我却花六千佛郎，包括排设和修理，用我们的财产的性质来说，这总是太过了点儿。一个葡萄种植人知道最清楚他的花费：种植的本钱啦，田赋啦，木桶钱啦。但是他的收入却完全依赖太阳光的照耀或是天气的冰冷。像我们这样的小地主，我们的收入一点儿也不稳定，我们得从最低的方面来计算，因为我们没有法子补救过分的花费或是过分的损失。如果一位酒商破产的话，我们要变成什么样子的呀？所以，在我看来，取钱的票据就好像是菜叶似的。为着维持我们的生活起见，我们就得不断的保留往后一年的收入，只能计算我们的年收的三分之二。”

得有某种反抗让妻子去克服，迪娜于是就碰到一只用最温软的棉絮来装饰的铁石心肠。她想法子给这位矮个子感应一些恐惧和妒忌，然而她却发现他单独的居留在最为异常的镇静里。他离开迪娜到巴黎去，和麦多尔相信安琪丽克一般的信赖她的忠实。当她显得冷酷而傲慢，用妓女们好像压榨机那样正确的拿来对付保护人一般的轻蔑来刺激这位矮个子的时候，拉包特莱伊先生就好像一只因为家中的吵闹而等着一个拳击才离开地位的猫一样的死眼钉住他的妻子。这种横贯这缄默的冷淡的不可解释的忧虑几乎吓坏了这位二十岁的少妇；起初，她不懂得这位类似一只破罐子的男子的自私的镇静；为着生活起见，他是拿钟表匠对于挂钟所规定的准确来统制她的生活动作的。所以，这位短小的好好先生就不断的避免他的妻子；她总是在他的头上十尺高来打他的。

迪娜本来梦想来管理这位小矮子的财产，来指挥他；结缡以来，她曾经因为要发号施令而服从过。当她看见自己被罚不许离开拉包特莱伊或桑西尔的时候，她是如何的疯狂啊。这疯狂虽然难于描绘，然而却容易了解。她希望有一天能够在巴黎大舞台上开始她的生涯，她接受她的光荣骑士们的诏谀，她要使拉包特莱伊先生的名字从投票箱里跳了出来，因为看见他三次从巴黎回来，每次都在社会阶梯上爬上一层，她还以为他有大野心呢。可是，当她追问这位男子的心意的时候，她却觉得她简直是在云母石上敲打……前任的税收官，前任的会计检查官，前任的员外郎，光荣勋级会的军官，王家委员却原来是忙于在一段葡萄园的四周划他的地道的阴险人！检查官，县长，甚至于葛拉维埃先生的心里于是就灌注了一些悲歌，他们都和这位高贵的牺牲者更加亲热；因为像其他一切的女人一样，她很谨慎，不大谈论她的计算，也和一切的女人一样，看到自己不能投机，她就公然侮辱投机。

受内部的风波所打击的迪娜糊里糊涂的到达了一八二七年；这一年秋末，忽然宣布了拉包特莱伊男爵购得当施土地的消息。这位短小的老头儿那时候就有一种骄傲的快乐动作，使他的妻子在几个月中都对他改变了意见；她相信他有我也说不出来的那一种的伟大，看见他坚欲建立世卿的世袭财产。短小的男爵胜利的喊道：

“迪娜，您总有一天当伯爵夫人！”

于是，在这两位夫妇之间，就有一些暂时的和解，不过，这和解不能持久罢了。这些和解使一位表面上的超卓性并不真确，然而隐蔽的超卓性却是切实的女人既感到疲倦，又觉得无聊。这种怪异的逆意要比一般人所想象的更为常有。迪娜自觉她的精神的乖僻是可笑的，但是她的心灵的性质却是伟大的；可惜环境不允许她利用这些非常光明的力量，而外省的生活也一天一天的制造她的小器量的精神。相反的现象，没有力量，没有灵魂，没有精神的拉包特莱伊先生却应当有一天显得有个伟大的性格，冷静的服从有计划的行为，因为他的虚弱不允许他离开这计划。

十、迪娜如何变成外省的妇人

在这位女人的生命史中，这是经历十年的最初的一段。不幸得很！迪娜就在这阶段里变成了一位外省的妇人！巴黎存在有好几种女人：那里有伯爵夫人和财政家的太太，大使夫人和领事的妻子，还在当大臣的大臣夫人和卸了职的大臣妻子；那里有赛纳河左右岸的正经女人；但是外省却只有一种女人，而这可怜的女人也就是外省的妇人。这种说法可以指明我们近代社会的一个重大的创伤。我们得知道清楚：十九世纪的法兰西是分为两个大区域的：巴黎和外省；外省妒忌巴黎，而巴黎却只在向外省要钱的时候想到外省。从前，巴黎是外省的第一个城市，宫廷胜过城市；但是巴黎是整个的宫廷，而外省是整个的城市。无论一位生长在外省的少女开头的时候是如何的伟大，如何的美丽，如何的强健，如果她在外省结婚，留在外省的话（正如毕埃德弗·迪娜一样），她不久就会变成一个外省的妇人。无论她有多少的计划，凡俗的地带，思想的浅薄对于服装的疏忽，乡下气的培植总侵入了这个新灵魂之中的超卓的存在。一言而蔽之，这美丽的花草算是枯萎了。怎么能够不这样呢？

年幼的时候起，外省的少女都只看见围绕她们身边的外省人，她们不能够发明更好的，她们只能够在浅薄之中去选择；外省的父亲只把女儿嫁给外省的男子；谁也没有想到和异族通婚，精神也就不能不腐坏了，所以，在许多城市里，智慧之不易寻求就和血统的丑陋同样程度的。

男子在那里也就在这两种情形下萎缩了，因为财产利益的恶思想统治了一切的婚嫁条件。有才能的人，艺术家，超卓的男子，一切长有眩目的羽毛的雄鸡都飞到巴黎去了。妇女的地位本来是低劣的，一位外省的女人还得比她的丈夫低劣。所以，没有这两个碎人的思想，您才可以快乐的活着！但是外省妇人因为婚姻而有的低劣性和根本的低劣性却又因为第三种可怕的低劣性而愈超愈下，这个低劣性使这个脸孔变成干枯的，黑暗的，使这脸孔缩小，瘦弱，发皱。妇女对自己所说的一个最为合意的阿谀难道不就是要确实在她们所亲自选择的一位超卓的男子的生活中当个什么角色，正如她们要报复没有考虑她们的趣味的婚姻吗？

在外省，如果结婚的男子都没有什么超卓性的话，没有结婚的单身汉更是没有超卓性了。所以，当外省的妇人做了小错事的话，她总是醉心于一位所谓的美男子或是本地的花花公子，一位带有手套，懂得骑马的男人。但是，在心坎的深处，她知道她的愿望是顺从着一个多少加有衣饰的俗恶的地方。

迪娜是由人家所给她的“超卓性”的思想而阻止这个危险的。结婚的初期，她并没有母亲那样的保守她，母亲的在场只在她感觉要排除她的时候才觉得讨厌，她应当得由她的骄傲和她所自许的高贵的命运来保守的。她相当畅快看见自己被许多崇拜者所包围，但是她却不能够在他们中看到一个情人。任何的男子都没有实现她当时跟葛落色德特·安娜所共同描写的带有诗意的理想。当她受到人家的恭维而唤起不可制止的诱惑对自己说“如果必得要委身的话，我得选择谁呢？”的时候，她就觉得对于世家绅士查尔慈培夫先生有所偏袒，绅士的仪表和举止是她所喜欢的，但是他那冷淡的精神，他的自私自利，他那只想当区行政长官和娶阔太太的野心却使她厌恶。他的家庭只怕看见他为着一个私通而丢掉生命。家里对他说第一句话的时候，这位子爵就已经没有悔疚的把他对所崇拜的女郎的思恋让位给县长的官职了。相反的，唯一可以和迪娜的精神通话，只有爱情上的野心，知道爱恋的克拉疑却是她所非常讨厌的。当她被罚还得住在拉包特莱伊六年的时候，她就去接受查尔慈塔夫子爵的照应；然而他却发表当了区行政长官，离开了这地方。检查官非常的高兴，因为县长是有妇之夫，他的妻子又是迪娜的知友。克拉疑先生只需要跟葛拉维埃先生竞争。葛拉维埃是四十岁的人，妇女们都拿他来利用，来寻开心，她们很精细而无疚的看出他的希望，正如人家需要一个驮兽似的。六年之中，在人家所给她介绍的周围二十法里之内的人家中，就没有一个可以让迪娜瞧了一眼就会生出美丽幸福的信仰，一个超卓的灵魂的打击所产出的心灵错乱，或是某种爱情，甚至于不幸的爱情的感觉。

迪娜所有的任何的高贵机能都不能够发展，她就吞下了她的丈夫不断压制她的骄傲的创伤。他就这样清闲的散步，而在她的生活中扮演这样的一个哑角。

迪娜不得不把她的爱情宝库埋藏在地下，她只给她的会社贡献她的外套。不时不时的，她也振作起来，她要下一个毅勇的决心；但是她总因为金钱的问题而停留在边境上。所以，不论有多少富有野心的抗议，不论她的精神给她多少的悲痛的回骂，她总慢慢的起了许多外省的改形，就是刚才我们所描写的变态。每天都给她搬走了一片最初的决心。他曾经开过一张爱护服装的计划，她却把它放弃了。如果她最初跟随时式的话，如果她总熟识奢侈的小发明的话，她却不得不依据她的用费来限制她的购买。她没有四顶帽，六种头巾，六件袍子，她满意每季只有一件袍子。人家觉得迪娜戴哪一种帽子好看，第二年她就再用这帽子。一切都是这样的。艺术家往往会因为希望得到一个高特式的家具而牺牲了服装方面的要求。自从第七年起，她终于能够让人家叫本地最巧的裁缝在她的眼睛下制造她的晨装，而她的母亲、她的丈夫、她的朋友们也就觉得她在这经济的服装里是很美丽的，依据她的习惯，这些服装可以发挥光耀的趣味。人家摹仿她的思想！……

因为她在眼睛下找不到任何比较的对象，迪娜就堕入了给外省的妇人张设的陷阱。如果一位巴黎女郎没有曲线合宜的臀部的话，她的发明的精神和快乐的愿望就会使她找到一些英勇的救药；如果她有什么恶习，什么丑态，什么缺点的话，她却能够把他弄成一种美色，这是常见的事情；但是外省的妇人却永远不会！如果她的身材太短的话，如果她过分的肥胖的话，好，她就只有忍受，而崇拜她的人也只好这样的接受她，不然的话也就没有法子爱她了，然而巴黎的女人却总要人家把她当做别样的女人来看待她。就是因为这个道理，全城的人才习惯于这些奇怪的品貌，这些难看的瘠瘦，这些可笑的肥胖，这些质朴的不生兴味的线条；当一位外省的女人出现在巴黎或是走到巴黎人面前的时候，这些情形就会使人惊异。迪娜的身躯本来是细小的，她却使这体态更加轻盈，而一点儿也没有看出自己变成可笑，自己因为烦扰的结果变成瘠瘦而显得好像一架穿上衣服的骨架的时刻。因为每天都看见她，她的朋友们也一点儿没有注意到她的人性的不知不觉的变化。这现象是外省生活的一种自然的结果。虽然结了婚，一位少女总还保留相当时间的美丽，城市也因之而觉得骄傲；可是每一个人每天都看见她，当人家每天见面的时候，观察也就衰弱了。如果她损失了一些光彩的话（正如拉包特莱伊夫人一样），人家也不大容易看得出。更好的是：如果有一点红润的色调的话，人家就懂得，就对她发生兴趣。一个小小的疏忽倒是人家所崇拜的。并且这姿态是人家这样细密研究过，这样清楚了解过的，结果轻微的变化就不容易让人家注意到，人家说不定还要把它看做是美丽的红痣呢。当迪娜不再每季换衣服的时候，她好像是对本地的哲学让步似的。

正如感情一样，说话、谈吐和思想的方式也是同样的情形：精神和肉体同样的腐化，如果不是在巴黎的环境中复生的话；然而最能表现外省生活的则是没有巴黎的永恒的轻快的姿势、步伐和动作。外省的女人惯于行走在没有意外、没有变化的环境里；她用不着避免什么危险，她就好像招募的新兵一样在巴黎行走，不疑虑有任何的阻碍；因为在外省她并没有碰到困难，在那里她是人家所共知的，在那里她总有她的地位，一切的人也都给她留地位。女人于是就不知不觉的损失了她的娇媚。总之，您注意到共同的生活对于男人所产生的反应这怪现象吗？因为不可磨灭的摹仿的感觉，一切的物类都趋向于互相摹拟。人家不自知的仿效了别人的姿势，谈吐的方式、态度、神气和面部的表情。六年的时间，迪娜就习惯于她的社会了。摹仿克拉疑先生的思想的时候，她也摹仿了他的说话的腔调；她不自知的仿效男人的举止，因为她只看见男人们：她相信给他们打哈哈说笑话就可以从他们的可笑的地方来保证自己；但是，正如一部分喜欢给人家开玩笑的人一样，这种笑谑的色调就保留在她的品性中。一位巴黎的女郎有太多趣味高的模样，相反的现象不会不到来。所以，巴黎的妇女们就等到使自己抬高身价的时刻；然而拉包特莱伊夫人却惯于出场演戏，染上了戏子和指挥官的习气，一种会因为讽讥的微笑而立即改变的首先出场的歌女的神气。

当她学到笑谑的学识时，当她被崇拜她的人所欺骗还以为是得到了新的风韵时，她却有一刹那的醒悟，这醒悟就好像山上的雪崩一样。迪娜只在一天里因为一个可怕的比较而发狂了。

一八二八年，查尔慈塔夫先生走了之后，她因为要等待一个小幸福而颇为激动：她要和方登男爵夫人重逢。因为父亲去世，安娜的丈夫就利用这丁忧的假期带他的妻子到意大利去，那时候他当财政部的总务局长。安娜要在桑西尔她的童年的朋友家里停留一天。这会儿产生了我也说不出来的何等的惨痛。住在仓玛罗尔学舍时代的安娜还不如迪娜的美丽，然而当了方登男爵夫人的安娜却比拉包特莱伊男爵夫人美上一千倍，虽然她很疲倦，她所穿的只是路上的旅行衣服。安娜从满载巴黎女郎的纸匣的美丽的轿式旅行马车上走了下来，她所带来的女仆的风雅简直使迪娜惊惧不止。一切巴黎女郎和外省妇人的差异都呈现在迪娜的慧眼之前，她觉得自己的确是她的朋友所看出来的那个样子，安娜几乎认不得她。安娜每年为自己一个人花了六千佛郎，这正是拉包特莱伊一家的全部的费用数目。二十四小时之间，两位朋友就互相交换了许多机密；巴黎女郎觉得自己要比仓玛罗尔学舍的凤鸟更为超卓，她就对外省的女朋友解释许多事情，对她表示好意，对她关怀，然而这却只是增加迪娜的伤痛；因为外省女郎认出巴黎女郎超卓性是在地面上的，而她自己的超卓性却永远埋藏在地下。

安娜走了之后，那时年纪二十二岁的拉包特莱伊夫人就堕进了无边的忧闷里。

“您有什么事儿呀?”看见她这样的颓丧，克拉疑先生就对她这样说。

“安娜学会如何生活，”她说，“可是我可学会如何苦痛……”

事实上，在拉包特莱伊夫人的家里正扮演着一幕悲喜剧，正如她对于财产的奋扎，她的不断的变形相配合。这悲喜剧，除了杜勒教士之外，只有克拉疑先生知道，因为迪娜的空闲无聊，或且竟是她的虚荣心叫她把她的无名的光荣的秘密漏泄给他。

十一、诗史与史诗

虽然诗和散文的结合在法兰西的文学里的确是奇形怪状的，然而这里却是一个例外。这篇故事将要说明两种破例之中的一种，在这些研究之中，这两种破例是会越出小说叙述的规律之外的；因为要洞识可以责难迪娜而不赦免她的切身的挣扎起见，我们就得分析一首诗，她的极度的悲哀所生的果实。

因为查尔慈塔夫子爵的远离而走到忍耐和退让的末端，迪娜就听从杜勒教士的劝告，他教她把她的恶劣的思想化为美丽的诗章；这也许可以解释一部分的诗人。

“好像那些给死人写墓碑或是写赞词的人一样，您也许也可以有这种情形：心中的苦痛会随脑中所沸腾的十二缀音诗而平静。”

这诗章轰动了阿里埃、尼埃维尔、哲尔等地区，他们都荣幸出有一位诗人，能够和巴黎的大人物相抗衡。迪阿斯·庄著之《塞维尔·巴桂达》就在《黑岭回音报》上发表，这是一种和外省的漠不相关奋扎了十八个月的杂志。几个人在那维尔认为迪阿斯·庄要在那时候出品许多乖僻的诗章，兴致豪放，满充意象的诗章的新兴诗派开玩笑人家可以在这一派的诗章里得到极大的效果，因为他在冲破德意志英吉利罗马的幻想的借口下脱出了诗学的畦径。

这首诗是用这诗句开始的：

如果您认识西班牙，
他的馨香的田野，
他那新鲜的夜晚的光华，
如果您认识他的爱情，天上，地域和诺斯特里的幽怨的少女，
您就永远也不会说话。

因为那里的男子
不是我们的冷酷的国度的孩子！
啊！在那里，自夜晚到清晨
人家都在细草茂盛的地上
听着脚穿绸制拖鞋的活泼的安达鲁斯姑娘

欢乐跳舞的步声。

您一定是第一个脸上发红
惭愧您的跳舞的俗风，
您的丑陋的庆乐，
因为他的冰冷可以使您的颊部发紫，
他会跳入肮脏的污泥，
披着马匹的皮骼。
就是在一个暗淡的陋室里，想到这些苍白的少女，
巴桂达才写上这些诗章；
卢昂的脆弱的塔楼用他们的牙齿咀嚼风雨
我是在这黑暗的卢昂，
在这样丑陋，这样喧哗，这样愤恨的卢昂里……
……

这是用后来产生许多少庄派诗词的假造的粗暴来给迪娜从没有去过的卢昂写下的一段伟大的描写。这描写出拿工业都市的生活来跟西班牙的懈怠生活，天上的爱情和人间的美丽来跟机械的文明，诗章来跟投机相对照的。迪阿斯·庄又解释巴桂达对于诺曼地的厌恶说：

您瞧，巴桂达就诞生在天空碧绿，
夜吐清香的塞维尔；
十三岁的年华，她就是城里的王女，
一切的人都愿意当她的情人儿。
是的，三位斗牛家曾为她而互相杀死；
因为得胜者可以获取

在这位美女嘴唇上接一个蜜吻的赏赐，
这是全塞维尔所羡慕的美女。
……

这西班牙女郎的精俗的塑像此后就被人家在所谓的诗词中拿来形容许多的妓女。把这首诗所组成的成百的诗句都抄在这里，未免会使人读之生厌。但是，为着说明迪娜是如何大胆的放纵起见，我们也只要抄录它的结论就够了。依据奋激的拉包特莱伊夫人的说法，巴桂达是这样生来多情的，她很难碰到恰当的骑士；因为

……在她的炽烈的情欲里，
人家看见他们都倾倒在她的身后，
当她的荒淫的气质只管让伊
坐在爱情的宴席的桌上的时候。
……
然而她却为着一位使她爱慕，
引诱她到他的故乡去的诺曼地兵员，
而离开了快乐的塞维尔景幕，
她的树林和她的橘树的田园。
她一点儿也不哭泣她的安达鲁斯，
这位兵员就是她的幸福！
……

但是总有一天他得跟着皇上的足迹，
动身到俄罗斯去。

任何的描绘都比不上描写这位西班牙女郎和诺曼地的炮兵军佐的告别图像的精致动人。在他的狂热之中，拿拜仑一般的情绪去回报爱情的军佐就要求巴桂达答应给他保守忠实，在卢昂大教堂的圣母坛前发誓，这圣母

虽然是童女，然而却是女人，
她绝不宽恕违背爱情盟誓的叛徒。

诗中的一大段是专门描写巴桂达一个人一直留在卢昂等到战役结束的时候所有的苦痛；她在窗户的栏杆上弯下身子来看一对对过路的情侣，她用一种吞蚀她的毅力来把爱情忍在她的心里，她生活在麻醉里，她消磨在梦幻中！

她几乎死去了，然而她却一直的忠诚。
当兵员年底回来的时刻，
他发现这位美丽的女人
还一样值得他的爱恻。
但是他被俄罗斯的风寒
一直冰冻而发紫到骨髓的里边，
他悲惨的迎接他那憔悴消瘦的女郎。
……

诗是用杜勒教士所觉得有点过分的热烈和大胆来描写这怪异的情景。认识到爱情的终点，巴桂达并不投身于无限的理想，正如黑罗伊和儒利一样；不，也许这是太残酷，太自然的，她却走进恶习的路上，不过这恶习并没有任何的华丽，缺乏一切的伟大的成功罢了，因为卢昂找不到相当受感动而把巴桂达安置在奢侈

风流的环境里。这可怕的实在，这用暗淡的诗章揭破出来的事实授意了这首近代的诗词所常误用的诗句的一部分，这一部分的诗句有点过分类似画家们所说的人身筋络图。带着哲学的色彩描写完安达鲁斯女郎在内去世的地狱一般的房子之后，诗人又回到开头的诗句：

现在巴桂达是又老又皱，
就是她这样的唱奏：
如果您认识西班牙，
他的馨香的田野……

印在这首差不多长有六百句的史诗里的悲哀的毅力（如果我们可以用画家的字眼的话，我们可以说这首诗是个两场西班牙舞的强有力的前景浓彩物，好像那个开始和结果这工作的毅力一样），这种难于形容的苦痛的雄壮的表达使这个女人大为惊惧，三个地区的人都在钦佩这匿名的男子的黑色礼服里钦佩她。尝味着成功的醉人的甘美的时候，迪娜却骇怕有外省的恶作剧，在外省，如果疏忽的话，许多的女人都会看到作者和巴桂达之间的关系。于是，迪娜就大为反复思考了。想到自己曾把自己的一部分的苦痛开发了出来，迪娜就惭愧得发起抖来。

“您别再作诗了，”杜勒教士对她说，“不然，您就不会再当女人了，您就要变成一个诗人了。”

在穆冷，在那维尔，在布尔慈，人家都在寻找迪阿斯·庄，然而谁也不知道这就是迪娜。为着不要让人家对她有个恶念起见（如果偶然间人家揭破了她的名字的话），她就给下面的一段涅维尔纳的传说《橡树之下的弥撒》写了一首合计两段小曲的诗章：

有一天，双方开战的那维尔人和圣苏尔慈人天一亮就来互相决一死斗，大家都到发伊树林来碰头。在两边的仇敌中间，在一棵橡树下面，站着一位牧师。

牧师在晨曦照耀之下的态度有这样动人的成分，结果两边的仇敌都愿从他的命令，叫他念弥撒，这弥撒就是在这橡树下念出来的；在福音的声调之下，他们就媾和了。人家还在发伊树林中指出某一棵橡树，说是就是这棵树。

这首还较《塞维尔·巴桂达》高明的诗章却没有多大的成功。自从这两次的尝试之后，自知是诗人的拉包特莱伊夫人的额头和眼睛忽然显出许多的光彩，使她变得比从前还要美丽。她把眼睛朝着巴黎瞻望，她呼吸着光荣的空气，然而又重新堕在拉包特莱伊的穴洞里，和她的丈夫天天的吵闹；堕在她的会社里，那里的人物，意向和言辞都是她所过分认识的，到底不能不变成腻人的。如果她在文艺的工作里找到消遣苦痛的法术的话，如果在她那空虚的生活里诗章是伟大的回响的话，如果她有力量的话，文艺却使她仇恨外省的沉闷的灰色的空气。

十二、七月革命如何在迪娜家里也产生了一个革命

一八三〇年的革命之后，当桑德·乔治的光荣普照柏利的时候，许多的城市都羡慕大宪章能够使他们有权看到产生一位施泰埃尔夫人，莫宾·葛美儿的竞争者，而且都便着来尊敬妇女所有的最小的才能。所以，人家就在法兰西看到许多第十流的才女，因为外表的光荣而改变她们的平静的生活的年青的姑娘或是年青的少妇！怪诞的理论就发表了出来，讨论妇女在社会上所应当扮演的角色。没有改变法兰西精神所在的善良的感觉，人家认为妇

女得发表意见，得宣扬几年前她们所不承认的情绪。克拉疑先生私用这特许的时刻来搜集迪阿斯·庄的作品，在穆冷由穆斯罗西埃书局给它印行一本十八开的小册子。他给这位太早醉心于文艺的未成熟的年青作家写了一篇小序，这小序在那些懂得隐语的人看来是聪明而调皮的，但是却没有给文艺贡献任何新鲜的成分。当人家还不知道作者是谁的时候，这些调皮话是最高卓的，但是后来当人家知道作者是谁的时候，他们未免就变成有点冷酷了。可是在这一方面，特为西班牙的囚犯的儿子，一八〇七年左右出世的迪阿斯·庄所写的小序却居然能够有一天骗倒了世界名人传的编者。那里没有缺乏任何的东西：布尔慈中学的教师，已故诗人的同门弟子，例如陆士铎、毕安仓和其他认为作者是个梦想家，是个悲哀而赋有早熟的诗才的才子的布尔慈名人，他们的名字都存在其中。中学时期所写的一篇标题为《悲哀》的挽歌，《塞维尔·巴桂达》和《橡树之下的弥撒》两首史诗，三首十四行诗，对于布尔慈大教堂和隔尔·约克公馆的描写，还有一篇标题为《卡罗拉》的短篇小说（认为是诗人临死时的绝笔），这就凑成了已故的诗人的一堆文艺杂拌，诗人那满充悲惨失望的最后的时刻应当会使尼埃维尔、布尔崩纳、哲尔、莫尔凡各地方富有感觉的人众缩紧心坎，诗人就在一切人都不知道（甚至于他所爱的女郎！）的情况下死在这里友农列宫附近的地方……这一部黄皮小册子印了二百本，其中售了一百五十本，每地区平均五十本左右。在这法兰西三个地区的富于感情和诗意的灵魂里这平均数本质上可以重新唤起著作家对于法兰西的轻浮的同情，在我们的时代里，这轻浮的性格多半是应用在利益之上，而不是在书籍之上。克拉疑先生慷慨的在小序下面签了字之后，迪娜就用介绍这本诗集的外省的报纸包了七八本，存了起来，送到巴黎各报馆去的二十本却在编辑室的深渊里消灭了。当了傻子的拿坦，和其他许多的柏利人一样，也给这位伟人写了一篇评论，认为这位伟人赋有人家给盖棺论定的人物所允许的一切的德性。因为中学的同学都不记得迪阿斯·庄而取慎重态度的陆士铎就等待着桑西尔的消息，而打听清楚迪阿斯·庄是个女人的假名。在桑西尔地区里，人家都为拉包特莱伊夫人非常的激奋，人家要把她看做是桑德的未来竞争者。从桑西尔到布尔慈，人家都在颂扬吹嘘这首别的时候一定会受到公然的侮辱的诗章。外省的群众，也许一切的法兰西的群众都是一样的，很少为法兰西的国王，正当的中心奋激：他要把您放在空无所有的地方，或是陷进污泥的深坑里。

这时候，拉包特莱伊夫人的顾问，良善的老杜勒教士弃世了；不然的话，他一定要阻止她去出风头。但是三年的工作和三年的隐名却压住拿光荣的喧噪来代替一切受挫的野心的迪娜的心。自从她和葛落色特·安娜重逢以来，诗章和成名的梦幻曾经停止了她的苦痛，然而一八三〇年之后却不足以满足这个病态的心灵活动。宗教呼声虚弱的时候来谈论世事的杜勒教士，懂得迪娜的杜勒教士，给她描绘美丽的将来的而对她说上帝会补偿一切用高贵的态度来忍受的苦痛的杜勒教士，这位可爱的老年人，他再也不能够给他那美丽的忏悔人（他就叫她做他的女儿）和她所要犯的错过调解。这位学问渊博的年老牧师不只给迪娜解释过一次拉包特莱伊先生的性格，告诉她这个人懂得怀恨；但是女人们却天生不认识弱者的力量，而怀恨也是一个过分的恒定的动作，它一定是一种炽烈的威力。以为丈夫丝毫也不注意她的爱情，迪娜认为他并没有怀恨的机能。

“您别把怀恨和报复混在一起谈，”教士说，“这是两种非常不一样的情绪：一种是小器量的人的情绪，一种是伟大的人物所顺从的律则的效果。上帝也报复，但是他却并不怀恨。怀恨是狭小心田的恶习。这些小器量的人物用一切的小气度来滋长这怀恨，他们拿怀恨来做低级的暴虐的借口。所以，您得小心，别伤刺拉包特莱伊先生；他会宽恕您的一个错过，因为他可以从中得到好处；但是，如果您动到那维尔·米罗先生那样残酷打击他的地方的话，他就会慢慢的跟您结下不解的仇恨，您也就活不了啦。”

正当涅维尔纳、桑西尔瓦、莫尔凡、柏利都以拉包特莱伊夫人为骄傲而用迪阿斯·庄的名字来庆祝她的时候，短小的拉包特莱伊却从这光荣里受到一个致命伤。只有他一个人明白这首《塞维尔·巴桂达》的秘密。当人家说到这可怕的作品的时候，一切的人都说迪娜是“可怜的女人！可怜的女人!”。女人们都喜欢能够抱怨压迫她们的女人，而迪娜也比任何的时候都在全地区的人眼里更显得伟大。比任何时期都变得更发黄，更发皱，更虚弱的老矮子并没有显露任何的神色；但是有的时候，迪娜却惊异的发现他对她射来的目光里带有狠毒的冷酷的成分，证明他的加倍的多礼、他的温存都是虚假的。她终于猜想这只是她所相信的家中细故；但是，给这只“毛虫”（这是葛拉维埃先生给他起的绰号）解释的时候，她却感觉到一种钢铁一般的冰冷，坚硬和无情。她发怒了，她对他咒骂她十一年来的生活；她有意扮演一幕一般妇女们所谓的戏剧；然而短小的拉包特莱伊却不动声色的坐在靠椅里，闭上双眸，听着她，没有损失他的镇静。和平常一样，矮个子也就得到他的妻子的赔偿了。迪娜懂得她不应当写作：她自戒不再写任何的诗，并且能够坚守这约言。这是桑西尔人所惋惜的。

“拉包特莱伊夫人为什么不再写诗呢?”这是一切的人所说的话。

十三、有计谋的爱情

这时期，拉包特莱伊已经没有仇人了，人家都流滚到他家里来，没有一星期没有新来求见的人。鲍宾萝一仓地埃家的小姐，中产阶级的贵妇法院院长夫人曾经对她的儿子二十二岁的少年说，叫他到拉包特莱伊夫人家里去逢迎她，自夸能够看见她的加田得到这位超卓的妇人的宠爱。超等的女人这个字眼已经代替了“圣萨杜尔的萨浮”这个粗俗的绰号了。九年来反对迪娜的院长夫人却这样快乐的看见她的儿子得到迪娜的垂青，她甚至于大加称赞桑西尔的才女。

“总之，”痛恨丈夫所追求的情妇的院长夫人却回答克拉疑先生的一段话说，“她是全柏利最美，最聪明的女人!”

在许多荆棘之中辗转，在成千的歧路之中徘徊，梦想过华丽的爱情，呼吸过最暗淡的悲剧的苦恼而找到贱价得来的黑暗的快乐之后，因为单调的生活太疲倦了，迪娜终于有一天堕进了她所发誓避免的穴洞里来了。看见克拉疑先生总是牺牲自己，拒绝家庭的召唤，不到巴黎去当副高等检察官，她就对自己说：“他爱我!”她克服了她的矛盾，显得要坚守她的贞操。桑西尔之所以能够约定要让克拉疑先生在竞选里获胜，这完全是因为他在她家里的豪爽举动的结果。拉包特莱伊夫人梦想要跟这桑西尔的议员到巴黎去。但是，无论人家有如何正式的允诺，答应使这位寡妇孤儿的保护人，美丽的迪娜的崇拜者是重新穿上司法大臣的法衣的一百五十票却变成了绝对少数的五十票。布瓦路慈院长的妒忌，葛拉维埃先生的怀恨（他相信这候选人的胜利是迪娜心里所喜欢的）就被一位年青的县长所利用；也就是因为这一桩事，理权派①就设法让县长升官为区行政长官。

“不懂得让拉包特莱伊夫人快乐，我心里永远也不会好过的，”

① 法国复辟时期有一部分自由党人提倡依据理性决定权利的理论，称为理权派。

离开桑西尔的时候，他对他的一位朋友说，“我的胜利是完全的……”

这种内部的苦楚生活却呈现出一个平静的家庭，两位配合不宜而忍耐相处，我也说不出来的端正合礼的夫妇，这是社会所要求的欺瞒，然而却是迪娜的不能忍受的甲胄。为什么她要揭开已经戴上十二年的假面具呢？当她每天都增加守寡的希望时，这种烦闷是从哪儿来的呢？如果人家研究这存在的一切的方向的话，人家就可以懂得很清楚迪娜是如何的和其他许多的女人一样受到各种不同的欺骗。最初是愿望统治拉包特莱伊先生，现在却只希望当母亲。在家中的争论和自己命运的悲惨的认识之间，流逝了一个整个的时期。然后，当她要自寻安慰的时候，她的安慰者查尔慈塔夫先生却走了，使大部分女人犯罪的引诱一直到这时候为止都没有存在。总之，如果有直截了当去犯罪的女人的话，世界上难道就没有一些受希望的牵制而在秘密的不幸的迷楼里徘徊之后才去犯罪的女人吗？迪娜就是这种女人。她的气质不大愿意抛弃她的责任，她爱克拉疑先生的程度还不足以让她宽恕他的失败。她在当施别宫的安居，她对于她的收藏物，她的古董的排布（这些东西因为伟大的框架而有一种新鲜的价值，好像德罗尔·菲力伯尔[①]曾经为这博物院而建造的框架一样）让她忙了好几个月，让她默默的思索一种可以使群众惊慌的决心，这种决心的动机是隐而不显的，然而却往往会在强力的谈话和假设中找得到。

陆士铎因为和坤伶们相交游而变成一个极有幸运的人，她的声望打击了拉包特莱伊夫人的心：她要认识他，她阅读他的著作，而对他颇有依恋之情，这大部分是因为他在女人身边的成功，而不是因为他的才能；为着叫他到这里来起见，她就发明了一种方

① Philibert Delorme是法国的著名建筑家。

法，叫桑西尔人在下届竞选里选举本地的两个名人之中的一个。她让布瓦路慈·加田给著名的医生写信，因为加田自称由于鲍宾萝家的关系是毕安仓的表现；然后又叫已故的陆士铎夫人的一位老朋友答应给她唤醒副刊编辑的野心，请他赞助桑西尔人要在居留巴黎的本地名人中选择议员的意向。拉包特莱伊夫人厌倦了她的平庸的左右，她最后就要和真正的超等的男人见面，她能够用光荣的光辉使她的罪过高贵化。陆士铎和毕安仓都没有回信，也许他们在等待假期。一年以来，毕安仓刚在一个著名的竞争里获得了一个讲座，他不能够离开他的教授生涯。

第二部 过错

十四、两个情感

九月里，大家正在忙于收获葡萄的时节，两位巴黎人回到故乡来，他们发现他们的故乡正陷在一八三六年的收获的紧迫的忙碌中。所以，那里并没有任何有利他们的舆论的表发。

“咱们倒灶了。[①]” 陆士铎用台房的俗语对他的同乡说。

一八三六年，在巴黎疲惫的挣扎了十六年，被欢乐，被穷困，被工作，被误算所萎靡的陆士铎显得好像是四十八岁的人似的，虽然他只有三十七岁。他已经秃了头，装出拜仑式的神气，这和他那未老先衰的容颜，香槟酒在他的脸上留下的凹痕正好相调和。他把放纵的烙印算在文学生涯的账内，责骂报纸是杀人的凶犯，他告诉人家说报纸吞没了许多伟大的天才，因而能够抬高他的疲倦精神的价值。他认为应当在故乡夸张他对生活的虚伪的轻蔑和假意的牢骚。然而，有的时候，他们的眼睛还会射出一些人家以为已经熄灭了的火山一般的火焰；他企图用服装的风雅来代替女

① 失败的意思。

人眼里所要看到而正好是他所缺乏的青春。

毕安仓·霍拉斯受过光荣骑士勋级会的褒奖，又胖又粗，正像一个走运的医生，他有一种淳朴的神彩，伟大的金栗色头发，圆形的额头，工人一般的肩幅，思想家一般的镇静的态度。这种没有多少诗意的身姿使他的轻浮的同乡更清楚的显得特殊。

这两位伟大的人物下车到旅馆来投宿的时候，整个早晨没有人知道，克拉疑先生也只是偶然间听说他们的到来。苦闷的拉包特莱伊夫人就派没有葡萄的布瓦路慈·加田去邀请两位巴黎人到当施别宫来住几天。一年以来，迪娜都度着别宫女主人的生活，只有冬天才住在拉包特莱伊。葛拉维埃先生、检察官、院长和布瓦路慈·加田为两位名人设宴洗尘，请了城里的高等文人作陪。知道美丽的拉包特莱伊夫人就是迪阿斯·庄之后，两位巴黎人就让加田驾着一辆板车在当施别宫玩了三天。这位富有虚望的年青人不但在两位巴黎人面前认为拉包特莱伊夫人是桑西尔最美丽的女郎，可以使桑德·乔治感觉不安的能干的超等女人，而且是一个可以在巴黎让人激动爱慕的少妇。所以，当毕安仓医生和喜欢讽刺的副刊编辑在当施别宫草地上看见别宫女主人穿着一件以类没有尾带的马裙，带有头巾的黑色薄呢的袍子的时候，他们不禁大为惊谔；因为他们认识在这过分的素朴里有许多热烈的企图，迪娜戴着拉发埃尔式的黑丝绒圆形无边帽，她的头发一簇一簇的露出帽外。这服装使一个相当窈窕的身躯，美丽的眸子，几乎被上述的生活的烦扰而萎靡的悦人的眼睑明晰的浮显出来。在柏利，这种艺术服装的怪异遮蔽了超等女人的浪漫的情思。看见了太可爱的女主人的媚态，有点像灵魂上和思想上的媚态，两位朋友就互相交换了一个眼色，取了一个非常严肃的态度，来听拉包特莱伊夫人说话；夫人对他们说了一段预先细加研究的言辞，给他们致谢来停止她的单调的生活。

看见了女主人的媚态，两位朋友就取了一种非常严肃的态度。

十五、迪娜的示威

迪娜让客人绕着当施别宫正面楼前面饰有许多覆地的花朵的草地散步。

“怎么，”陆士铎问欺罔者，“像您这样美丽，这样超卓的一位女人，您怎么会留在外省呢？您用什么方法抵抗这种生活呢？”

“啊！这个呀，”别宫女主人说，“人家就不抵抗。彻底的失望或是愚笨的退让，不是这个就是那个，其中没有什么选择的，这就是我们的存在所休止的白土，成千停滞的思想并不使这土地肥沃，然而却在那里滋长我们这荒芜的灵魂所使其萎黄的花朵。别以为我们的生活是无忧无虑的！无忧无虑是属于失望或退让的。每一个女人依据自己的性格去追求她所觉得快乐的东西。有的献身于制造果子酱和卤水，献身于管理家庭的经济，在收获葡萄和收成麦子中去寻求田野的快乐，讨论果子，卑劣的绣花，母性的看护，小都市的男女的私通。有的就忧愁一架不能没有的钢琴，因为这钢琴七年到头就破洋琴一样的发响，和患气喘病一般的死在当施别宫里。几个敬虔的女教徒就讨论一些关于上帝的各种不同的无稽之谈：人家拿福里都教士来跟桂拿尔教士相比较。人家晚上打牌玩，或是在同一的客厅里，同一的季节，和同一的人跳了十二年的舞。这种生活还渗有梅伊道上的严肃的散步，问您到哪儿去买布料的女人们的应酬的拜访。在南方，人家的谈话是限于外省生活的死态的水底所隐藏的私通，在北方，人家的谈话是限于草地上的结婚，在西方是限于谈论妒忌，在东方是限于互相讽刺。所以，您看出了没有？”她立定姿势说，“一位女人年纪二十九岁面上就有皱纹，比毕安仓大夫的医案所规定的简直要早上十年；她也非常快的长出斑疹，当她应当发黄的时候她就发黄得像一只木瓜似的，我们见过谁发青呢？我们到了这个地步，我们就要解释我们的平常状态。于是，我们就用田鼠一般的锐利的牙齿去攻击巴黎的可怕的癖嗜。我们这里有一些违心的清教女信徒，她们撕破了冶饰的花边，嚼碎了你们巴黎的美丽的诗章，她们夸张她们的核桃和她们的酸臭的猪油，颂扬她们的简陋的鼠穴，我们桑西尔的美丽生活的灰黑的颜色和寺院式的香味，来毁坏别人的幸福。”

“我倒喜欢她们这种勇气，太太，”毕安仓说，“人家有这些不幸的时候，人家得有把她们弄成德性的精神。”

迪娜外省的情形说后一定会嘲笑外省人的客人。因为这种聪明的示威而吃了一惊，布瓦路慈就推了一推陆士铎的手肘，给他送去一道眼色和微笑，好像是说：

“哼！我难道骗了您吗？”

“可是，太太，”陆士铎说，“您给我们证明我们还是在巴黎，我要偷您这一段话，这在我的副刊里可以弄到十佛郎……”

“噢！先生，”她答辩说，“请您不要轻侮外省的女人。”

“为什么呢？”陆士铎说。

拉包特莱伊夫人要在这两位巴黎人中选择一个征服者，她相当放荡而贞洁的给他们指示这个征服者将要堕进的陷阱，她想只要等他不再看见这陷阱的时候，她就是最强的了。

“人家来的时候总要拿她们来开心，然后，当人家忘记巴黎的华彩，在外省女人的范围内看见她的时候，人家就来逢迎她，这只是为着消遣而已。您，您是以多情出名的，您一定会变成可以使您高兴的注目的对象……请您当心一点儿！”迪娜做了一下撒娇的姿态，用这嘲玩的思考站在外省和陆士铎的笑谑之上。“当一位外省的女人对于超卓的性格，对于迷在外省的巴黎人怀有一种情感的时候，她不但是把这种感情当做爱情，而且要把他当做一种工作，把它伸展到整个生活上面去。任何东西都没有外省女人的专诚深情那样的危险；她比较，她研究，她反复思考，她梦幻，她一点儿也不放弃她的梦幻，当她所爱的人不再想到她的时候，她还是一样的想到他。威胁外省女人的一个致命伤就是她的爱情的突然的结束，这在英吉利是常见的事。外省的生活好像是顺从印度的生活似的，这种生活状态逼着一位女人在她的铁轨上一直的走，或且好像一个汽机碰到障碍时一般的从铁轨上突然的跳了出来。爱情的战略，冶饰的艳装，这种巴黎女郎所以看来美丽的一半的成分，在这里都是不存在的。”

“这也是真的，”陆士铎说，“好像玩具一样，外省女人心里也有许多机关。”

“噢！我的天哪！”迪娜接着说，“一位女人曾经在一个冬天里跟您谈了三天次话，她曾经不知不觉的把您紧抱在她的心中；可是，要是来了一个野游，来了一个散步的话，一切的话也就说过了，如果您愿意的话，也可以说是一切的事情也就完结了。这种行为在那些缺乏观察力的人看来是很奇怪的，其实是很自然的。一位像您这样的诗人，或是一个哲学家，一个像毕安仓大夫这样的观察家，你们不至于相信外省的女人是腐化的，而诽谤她，你们会猜想她有一些还没有刊印的诗词，这篇动人的小说的一切的语句，这小说的结局是对某位幸运的陆军少尉，对某位外省伟人有利的。”

“我在巴黎所看见的外省女人，”陆士铎说，“事实上都是相当会引诱人家的……”

“好家伙，她们都是奇奇怪怪的。”别宫女主人用略一耸肩来注解她的话。

“她们就像是那些知道戏不会塌台还要去看第二次公演的戏迷一样。”新闻记者答辩说：

“那末，您的苦痛到底是什么缘故呢?”毕安仓问。

“巴黎是使我们苦痛的怪物，”超等的女人回答说，“这苦痛流行在七法里的范围里，使全地区都苦恼。外省并不能自己存在。只因为国家分成了五十个小国，每一个小国才能够有它的姿态，一个女人也就反映了她所统治的范围的光彩。人家告诉我，这还可以在意大利、瑞士、德意志看得到；但是，在法兰西，就像那些只有一个京都的国家一样，风俗的堕落一定是中央集权的压迫的结果。”

“依您说，风俗的原动力和来源只能够由组成一个大帝国的法兰西各小国的联邦产生出来吗?”陆士铎说。

“这也许不是我们所要求的，因为这样的话，法兰西就有太多的国家去征服了。”毕安仓说。

“英吉利并不认识这种不幸，”迪娜喊道，“伦敦并没有巴黎压迫法兰西那样的暴力，法兰西的天才一定得想方法补救；但是英吉利却在它的残酷的虚伪里有个更可怕的东西，这的确是另外一种苦痛!”

“英吉利的贵族预先看见拜仑式的说辞，他们急于说话，”新闻记者接着说，“他们比我们强，因为他们能够同化一切的超卓性，他们生活在华丽的公园里，他们只到伦敦来两个月，不多也不少；他们住在外省，在那里茂盛，也使外省繁荣。”

“是的，”拉包特莱伊夫人说，“伦敦是商业和投机的京城，人家在那里统治。贵族不过到这里来回忆六十天罢了，他们到这里来领取命令，他们到这里来瞧一瞧政府的奸计，他们巡视将要结婚的女儿和将要出售的华丽马车，他们互相说了一声‘您好’就立刻回去：他们不大喜欢娱乐，他们只能够忍受几天所谓的过节。”

“所以，在宪政派的无信的‘白人’[①] 里，”陆士铎喊了出来，他要用一句讽刺话去抑制这活泼的舌头，“却有机会到处碰到美丽动人的女人。”

“然而只是美丽动人的英吉利女郎!”拉包特莱伊夫人笑着答辩说。“这是家母，我要给您们介绍介绍。”她看见毕埃德福夫人来，就这样说。

把这两个雄狮介绍给这个身躯高大、干枯，脸部发疹，满口假牙，头发染色的名叫毕埃德福夫人的骨架一般的清瘦老妇人之后，迪娜就让这两位巴黎人自由了几分钟。

“好罢，”加田对陆士铎说，“你觉得她怎么样?”

“我想桑西尔最聪明的女人也就是最喜欢饶舌的女人。”副刊编辑答辩说。

“这是一个要让您当议员的女人！……”加田喊道，“一个天使!”

“对不起，我忘记了您爱她，”陆士铎接着说，“您一定可以宽恕像我这样一个老怪物的猥亵。请您问毕安仓罢，我已经没有什么幻想了，我是照事说事的。这位女人的确使她的母亲干枯，就好像放在大火前面的鹧鸪一样。……”

十六、魔鬼拿走了纪念册

布瓦路慈·加田找到方法在吃饭的时候对拉包特莱伊夫人说到副刊编辑的话；这顿饭是丰富的，如果不是华贵的话；吃的时候，别宫女主人说了很少的话。谈话的沉闷引起了加田的疏忽。加田努力重获庞爱，但是迪娜却只和毕安仓亲热。不过，在夜会

① 古代人称呼英国人的名字。

中间的时候，男爵夫人又对陆士铎表示温情。您不是注意过有多少的懈怠却是为一些小事情而做出来的吗？所以，这位不愿意出丑，在外省边僻的地方过着可怕的、奋斗的、反抗的、背地吟诗的生活，为着远离陆士铎而刚刚爬上最高最险的轻蔑的岩石，看见了这位虚假的拜仑在这岩石底下向她求情而不愿意下来的高贵的迪娜，她却忽然想到她的纪念册，就急速的从这上面滚了下来。拉包特莱伊夫人有请人亲笔题册的癖好；她有一本长方形的册子，其中三分之二的页数都是空白的。她曾把这本册子送交方登男爵夫人三个月，男爵夫人好容易才弄到了罗西尼的一行字，梅尹比尔的六节诗，雨果在一切纪念册上所写的四句诗，拉马丁的一节诗，柏郎志的一句话，桑德・乔治所写的“迦里普苏伤感乌里斯的离别”，施克里布所写的关于雨伞的名句，诺地埃・查尔的一句话，杜布莱・儒尔的一行横题，大卫（当几尔・大卫）的签名，柏尔里奥慈・埃克多尔的三个字。克拉疑先生在巴黎小住时，也替她弄到了非常难得的拉森纳尔的一首小歌，飞齐所有制写的两行，拿破仑的一段短简，这三个人的亲笔字都是黏在白色牛皮纸的上面的。葛拉维埃先生也在一次旅行中请马尔斯小姐、乔治小姐、达格里昂尼小姐和格里西小姐，像勒麦特・福勒德礼克、孟罗斯、布费、卢赛尼、拉布拉慈、奴里、阿尔拿尔等第一流的艺术家在这纪念册上题句；因为他认识一个他们所谓的生活在温柔乡里的老单身汉所组织成的会社，就是这些老单身汉给他弄到这些人情。这种搜集是迪娜最觉得宝贵稀罕的，正如迪娜是周围十法里唯一有纪念册的女人一样。两年以来，许多的年青少女都有一些纪念册，让她们的朋友和熟人在上面写了些滑稽的字句。噢，你们这些在搜集题词过生活的人们，你们这些快乐而素朴的人们，你，和马兰花接触的荷兰人们，当迪娜只怕不能够留住她的客人两天而请求毕安仓给她献上几行亲笔字来增富她的宝藏的时候，你们一定会宽恕她的。

医生使陆士铎微微的一笑，因为他给他指出在第一页上的这个思想：

> 使民众变成这样危险的，这是因为他们所犯的罪都能得到赦免。
>
> 克拉疑

“为着给君主政体辩护起见，咱们无妨支持这位相当勇敢的男子汉罢。”德斯布兰的高足朝着陆士铎的耳朵说。毕安仓于是就在底下写着：

> 拿破仑之所以和一个挑水夫不同者，这只是社会所感觉的，和天性没有关系。所以，反对不平等情况的民主政体就不断的想到天性。
>
> 毕安仓·霍

“这些原来都是富人，”愣住的迪娜惊愕的说，“他们从钱包里拿出金币就好像穷人拿出一个小铜钱一样……我不知道，”她转过身来对陆士铎说，“到底请求您给我写一两句诗是不是有失主人的礼节……”

“啊，太太，您真使我荣幸，毕安仓是个伟人；但是，我，我未免太卑贱了！……二十年之后，我的名字一定要比检察官先生的名字还难于解释，他在您纪念册上所写的思想可以指明他一定是个未成名的孟德斯鸠。并且，我至少得有二十四小时的时间让我来想出苦涩的词句；因为我只能够描写我的感觉……”

“我倒愿意您问我让您有两星期的时间，”拉包特莱伊夫人温柔的说，一边递过她的纪念册，“我可以多留您一些时候。”

十七、一个无罪的阴谋

第二天早晨五点钟，当施别宫的客人准备好了。短小的拉包特莱伊给巴黎人组织一个猎会；大部的原因是要给他们显示他的地主的威风，而不是要让他们快乐，他很闲暇的让他们跨步走进他的树林，穿过二百亩他梦想要拿来开垦的野地，这种开垦需要好几十万佛郎，然而却能够给当施的土地带来三万至六万佛郎的年收。

“您知道检察官为什么不来跟我们一块儿打猎吗？”布瓦路慈·加田对葛拉维埃先生说。

“可是，他不是对我们说过吗？他今天得会审，因为法院裁判轻罪，”税务官回答说。

“您相信吗？”加田喊道，“呃，我父亲告诉我：‘您清早找不到勒巴斯先生，因为克拉疑先生请他的检事代替会审。’”

“噢！噢！”葛拉维埃说，他的姿势改变了，“而且拉包特莱伊先生到救济院去哩！”

“你为什么管这些闲事呢？”毕安仓·霍拉斯对加田说。

“霍拉斯有道理，”陆士铎说，“我不懂得你们怎么这样忙着互相议论，你们这是白费时间。”

毕安仓·霍拉斯瞧了陆士铎·埃田一眼，好像对他说副刊的狡猾，小说的讽刺是桑西尔人所不了解的似的。到达茂林的时候，葛拉维埃先生让两位名人和加田深入林中，跟在守林人后面，走进弯曲的地带。

“好罢，咱们等财政家罢。”猎夫们到达林中的空地时，毕安仓说。

“好，如果您是伟大的医学家的话，”加田答辩说，“您对外省的生活却是一无所知。您等葛拉维埃先生吗？……然而，虽然他有一只圆圆的小肚皮，他却跑得和野鬼一般快；现在他离当施有二十分钟的路程……（加田拿出他的表）好！他可以准时到。”

“到哪儿？”

“到别宫去吃早饭去，”加田回答说，“您以为我放心让拉包特莱伊夫人一个人跟克拉疑先生留下吗？现在他们是两个人了，他们可以互相监视，迪娜可以保住了。”

“啊，这个！拉包特莱伊夫人还在选择吗？”陆士铎说。

“妈妈这么想，但是我，我怕克拉疑先生终究会眩惑拉包特莱伊夫人；如果他能够告诉她当了议员就有再穿上法衣的希望的话，他就能够把他那鼹鼠一般的皮肤，可怕的眼睛，散乱的长发，发哑的执达吏的嗓子，一身泞泥的诗人的清瘦改变成一个美少年的姿态。如果迪娜看见克拉疑先生当了高等检察官的话，她会把他看做一个美丽的孩子。辩才有许多大威权。并且，拉包特莱伊夫人富有野心，她不喜欢桑西尔，她梦想巴黎的奢华。”

“但是这些跟您有什么相干呢？”陆士铎说，“因为，如果她爱上检察官的话……啊！您相信她不会长时间的爱他，您希望继他的后任。”

“你们其他的人，”加田说，“你们在巴黎碰到和一年的日子一样多的女人。但是，桑西尔只有十个女人，在这十个之中，如果最美丽的一个远远的用轻蔑的眼睛，好像王家公主一样的瞧您的话，其中的五个就有违反道德的用心，所以，一位年纪二十二岁的青年可以想方法猜测这位女人的秘密，因为这样的话，她就不得不注意他了。”

“你们这里就管这个叫做注意。”新闻记者微笑的说。

“我觉得拉包特莱伊夫人的趣味太高，我不相信她关心这个丑陋的猴子。”毕安仓·霍拉斯说。

“霍拉斯，”新闻记者说，“咱们瞧，我们知道解释人性，让我们给检察官张设一个陷阱，我们就可以给我们的朋友加田帮一个忙，我们也就可以发笑了。我不喜欢一切的检察官。”

“您对于命运的预测是对的，”霍拉斯说，“但是怎么办呢？”

“呃，我们吃晚饭之后无妨讲一些被丈夫所发觉的风流女人的故事，而且得说到这些女人是在可怕的环境下被人家杀死，暗杀。我们可以瞧瞧拉包特莱伊夫人和克拉疑先生的脸色。”

“真不坏，”毕安仓说，“他们彼此很难不用一个姿势或是一个思考来吐露真情。”

“我认识一个报馆的社长，”新闻记者朝着加田接着说，“他想避免悲惨的命运，只让人家说些爱人们被火烧、被刀斫、被舂碎、被剖割的故事，只让人家说些女人们被煮、被炒、被烤的故事；他就把这些可怕的故事带回来告诉他的太太，希望她会因为骇怕而忠实于他；他就满意这种拆烂污的办法，这个谦逊的丈夫。‘你瞧，亲爱的，最小的错过会带人家到什么地步去！’他翻译了阿尔诺尔夫对阿格纳斯所说的话对她说。”

“拉包特莱伊夫人是完全无罪的，这位年青人有误会，”毕安仓说，“我觉得毕埃德福夫人太敬虔，她不会请她女儿的情人到当施别宫来。拉包特莱伊夫人得欺瞒她的母亲，她的丈夫，她的女仆，她的母亲的女仆；这工作未免太多了，我理解她。”

“就和她的丈夫不离开她一样。”加田一边说这句双关语，一边微微的笑着。

“我们可以想起一两篇故事来使迪娜听着发抖，”陆士铎说，“年青人和你、毕安仓，我要你们装着严肃的态度，拿出外交家的神气，自自然然的，没有痕迹的侦伺两位罪犯的脸色，你们懂得吗？……暗暗的，冷静的，偷偷的。今天早上我们赶兔子；今天晚上，我们要赶走检察官。”

十八、检察官的忿怒

夜会一开头就是陆士铎的胜利，他把纪念册送还给别宫女主人，迪娜在那里找到这一段颂辞：

忧郁病

我的诗章，我这瘦弱而消灭于
我所悲哀辗转的自私的地域，
而不属于任何东西的人子；
我从来没有看见过实现一个希求
我那因为苦痛而萎弱的眼球
却在善中看到恶事！

这一本由一位女郎的指头翻阅的纪念册，
不应当因为我的灵魂的反射而自忧恻。
每一件东西都有它的环境；
对一位女郎，应当谈些爱情，谈些快乐，
谈些华丽的跳舞，谈些绸缎的衣着，
甚至于谈到神明。

这是血腥的笑谑，
如果对我这厌腻生活的人说：
请你给我们描述你的幸福罢！
人家对天生的盲人吹嘘光明，
人家对号哭的孤儿说到一个母亲，

而不会破碎他们的心坎吗？

当冷酷的失望年青时就在这世上打击您的时候，
当人家不能够在这世上找到一颗回答您的心灵的时候，
哪里还有前途？
如果您哭的时候您的同伴并不唏嘘，
如果没有被爱一个男子就得死去，
我不久也就得瞑目。

请您埋怨我！请您埋怨我！
因为我常常侮辱神圣的上帝，而自语过：
“他一点儿也不给我帮助。
为什么我要祝福他？我到底短了他什么事？
他应当得给我创造一位美丽而富裕的绅士，
然而我却穷苦而丑卤！”

陆士铎·埃田

一八三六年九月于当施别宫

“您昨天到今天就做了这首诗吗？”检察官用不相信的语气喊道。

“噢！我的天老爷！可不是吗？就在打猎的时候做的，不过做得太不好！我应当得给太太做更好的。”

“这些诗句很有意思。”迪娜说着，举起双眸，望着天空。

“这是一种情绪的表现，不幸得很，这情绪是真切的。”陆士铎用深切的悲痛的神气回答说。

每一个人都猜想这位新闻记者脑子里记住这些诗句已经记了至少十年，因为这些诗句是在复辟时代不容易飞黄腾达的情景下给他感应的。拉包特莱伊夫人用天才的不幸所感应的恻隐之心来瞧新闻记者，而奇怪这一瞧视的克拉疑先生却对这假冒的“年青病夫”怀起恨来。他就和桑西尔的本堂教士玩骰子戏去了。院长先生的公子非常殷勤的给这两位赌徒带一盏灯来，有意让灯光一直落在开始做活计的拉包特莱伊夫人身上；她用羊毛线去装饰一只纸花篮子的柳枝。三位阴谋家都围在这些人物的旁边。

“太太，您替谁做这个花篮子呢?”新闻记者说，“替什么慈善的彩票做这个吗?”

“不是，”她说，“我觉得给喇叭的声音做些慈善的事情未免太矫揉造作了。”

“您太不谨慎了。”葛拉维埃先生说。

“问一问接受太太的花篮子的人有那一种致命的幸福，这难道就是不谨慎吗?”陆士铎说。

“并没有什么致命的幸福，”迪娜接着说，“这花篮子是给拉包特莱伊先生做的。”

检察官阴险的瞧着拉包特莱伊夫人和花篮子，心里却在说：“啊，我这纸花篮子算是丢了啦!”

“怎么，太太，您不愿意我们说他有一个美丽的女人是幸福的，他有这位女人给他在纸花篮子上做这么动人的东西是幸福的吗？图案是红色和黑色的，和林中的罗宾[①]一样。如果我结婚的话，我希望十二年的家庭生活之后，我的妻子所编的花篮子还是为我而做的。”

“为什么这些花篮子不会是为您而做的呢?”拉包特莱伊夫人说着，给埃田投上她那满充娇冶的美丽的黑眼睛。

---

① 德人琴德（Kind）所作之 *Freischütz*（《游击队》）歌剧，由苏发慈（Sauvage）等译成法文，改名为 *Robin des Eois*（《林中的罗宾》）。

“巴黎人什么也不相信，”检察官用苦涩的腔调说，“他们用可怕的大胆来怀疑女人们的道德。是的，近来，你们所写的书，两位著作家，你们的杂志，你们的戏剧，你们的整个的污秽的文学都是说些男女私通奸淫的事情。”

“呃！检查官先生，”埃田笑着说，“我让您安安闲闲的玩骰子，我一点儿也不攻击您，然而您却质问起我来了。我用新闻记者的资格发誓，我曾经写过一百篇文章去攻击您所说的那些作家；但是我承认，如果我攻击他们的话，这只是说些类似批评的话，我希望您公正一点儿，如果您判罪他们的话，您也得判罪荷马和他所写的欺骗美丽的黑莲的《伊里亚特》；您也得判罪米尔顿的《失乐园》，我觉得爱薇（或译夏娃）和蛇是个有意思的淫乱的象征。您得取消一切大卫王的诗篇，因为这些都是这位希伯来的路易十四的淫荡的爱情所感应的。您得把《米德里达特》[①]、假人[②]、《女学校》[③]、《菲德尔》[④]、《安德鲁玛克》[⑤]、《菲迦罗的婚姻》[⑥]、《但丁的地狱》《柏特拉尔克的十四行诗》一切卢梭的著作、中世纪的小说、《法兰西历史》、《罗马历史》等都投进火里烧。除了包胥埃的变化的历史和巴斯卡尔的外省人以外，我不相信还有很多可念的书，如果你愿意从中摘出讨论违反法律被爱的女人的几段

---

① 拉辛（Racine）所著的悲剧，以古代彭特（Pont）国王米特里达特（Mithridate）为题材，故名。

② 《假人》（*Le Tartuffe*）系莫利哀之喜剧。

③ 亦系莫利哀之喜剧，原文为 Ecole des Femmes。

④ 《拉辛之悲剧菲德尔》（*Phèdre*），以希腊神话中之菲德尔为题材。

⑤ 拉辛根据伊里亚特（Iliade）中所述之安德鲁玛克（Andromaque）而写之悲剧。

⑥ 《菲迦罗的婚姻》（*Mariage de Figaro*）系鲍马合（Beaumarchais，A. C. de）所著的讽刺剧。

的话。”

“这美丽的倒霉相!”克拉疑先生说。

被克拉疑先生的法官神气所刺激的埃田就想用一种冷酷的欺罔来使他发狂，就是防卫人家并不赞同的意见，要让诚恳的可怜人发怒，这是新闻记者所有的真正的笑谑。

“您不得不谈到政治，”他说，“把我们放在政治的观点上，继续进行而不颂扬法官的叹息，给一切的时代都穿上高等检察官的长袍（因为一切的政府都有他们的检察官）好，天主教就在他的根源上发出一种夫妇不平等的臭气。在希律王的眼里，在防卫罗马政府的比拉多的眼中，约瑟的妻子可能是淫荡的，因为依据约瑟自己所说的话，约瑟并不是耶稣基督的父亲。如果今天有一种宗教也以这种神秘为基础而产生出来的话，异端的审判官并不会允许这种贞洁的观念，正如您不会允许这一类的神迹一样。您相信轻罪裁判所会承认圣神的一个新的事迹吗？谁敢说上帝不要再来赎回人类呢？现在是不是比提伯尔①时候更好呢？”

“您的推理是亵渎神圣的。”检察官回答。

“不错，”新闻记者说，“但是我并不是有不正当的意向才来说的。您不能够取消历史的事实。依我的意见，比拉多之定罪耶稣基督，雅典贵族的代表安尼杜斯之要求处死苏格拉底，他们都是代表已经建立好的社会，自信是合法的，握有社会所同意的权力，不得不自作防卫。比拉多和安尼杜斯和请求砍杀罗楼尔省的外委的头颅，今天使人割断反对七月王朝的共和党军人的脑袋和那些借口建立好社会而为自己的利益要推翻社会的改革家的头颅的高等检察官同样合于逻辑的。在雅典大家族和罗马大帝国之前，苏格拉底和耶稣是罪人；在这些老贵族看来，他们的意见就好像是

① Tibère 系罗马的第二个皇帝。

孟泰额的意见似的：假定他们的宗派是胜利的，他们也在罗马帝国或是阿提克[1]留下一个小小的恐怖时代。”

“您要说到那儿去呢，先生?”检查官说。

“说到淫奔！所以，先生，一个抽烟的佛教徒可以说基督徒的宗教是建立在淫奔之上。”

“如果法兰西有很多像您这样的人的话，一切的政府都是不可能的，不幸得很，像您这样的人太多了!”

“而且宗教也是不可能的。”毕埃德弗夫人说，在这辩论的时间，她的脸孔曾经做过许多次怪异的表情。

“你给他们无限的苦恼，”毕安仓朝着埃田的耳朵说，“你别说宗教了，你给他们说些可以推翻他们的事情的话罢。”

“如果我是著作家或小说家的话，”葛拉维埃先生说，“我一定要同情不幸的丈夫。我曾看见过许多的事情，奇怪的事情，我知道在受骗的丈夫里有一些没有缺乏坚毅的态度，在风波里非常像演戏，让我引用您的一句话，先生。”他一边说，一边瞧着埃田。

“您有道理，亲爱的葛拉维埃先生，”陆士铎说，“我从来没有觉得受骗的丈夫是可笑的；反之，我却喜欢他们……”

“您不觉得一位高超的丈夫是有信任的吗?”毕安仓就说，“他相信他的妻子，他不怀疑她，他有秘密社会会员的信仰。如果他有信任他的妻子的弱点的话，您就拿他来开心；如果他是多疑而妒忌的话，您就恨他：您能告诉我一位聪明人所应有的中庸之道是什么吗?”

“如果检察官先生不来公开反对故事不道德，我认为夫妇的规章被破坏的话，我就可以给你们说一篇丈夫复仇的故事。”陆士铎说。

---

① Attique 系古希腊的地方，雅典即其京城。

克拉疑先生暴躁的掷骰子，他一点儿也不理睬新闻记者。

“怎么，叙述您自己所写的故事，”拉包特莱伊夫人喊道，“好容易我才敢问您说哩……”

“这不是我所写的故事，太太，我没有那么大的才气；这篇故事，这是多动人的呀！他是我们最著名，我们所有的最伟大的音乐文学家诺地埃·查礼告诉我的。”

“那末，就请您说罢，”迪娜接着说，“我从来没有听诺地埃说过，您不必怕我比较。”

十九、鲍芜瓦骑士的故事

“雾月[①]十八日之后没有多少时间，”陆士铎说，“您知道在布列颠和王地都有揭竿起义的事情。忙于平定法兰西的第一总裁就跟各主要的领袖进行了很多的交涉，运用了最有力的军事措置；但是，一方面用他的意大利的外交的诱惑，一方面准备战争的计划，他却玩弄那时候福赤所带领的警察的诡谲的把戏。这一切的一切都不能够抑止在西部打得火炽的战争。这时候，朱安党派了一位马伊家的年青人从布列颠到苏穆尔去，希望能够联络城里或是近郊的某些人物和保王党的暴动的领袖。打听到这旅行的消息，巴黎的警察就派了许多人负责在他到达苏穆尔的时候去捕获这位年青的间谍。事实上，这位使节在他下船的那一天就被捕了：因为他是化装水手坐船来的。但是，因为他有实际的经验，他已经计算过关于他的事业的一切遭遇：他的护照，他的证件都是非常合法的，甚至于奉命捕获他的人都只怕抓错了人。鲍芜瓦骑士（我现在记起他的名字了）他曾细想过他的戏法：他自称是他所假

---

① 法国共和历第二月，即阳历十月二十三日至十一月二十一日。

冒的家庭的姓名，证明他的假地址，他这样大胆的回答询问，说道理人家应当放了他，而不必有侦探们从那些不幸太为正确的训令里所生出的盲目的相信。在怀疑的时候，这些警察官宁可做下一个专横的举动，而不放去一个大臣所认为重要的被捕的罪犯。在这自由的时代里，国家的警察很少愿意到我们今天所谓的合法的手续。所以，骑士就被人家暂时关在监狱里，等待最高当局对他所下的决定。这种官场的判决没有让人多等待。人家立刻就依据新的命令把鲍芜瓦骑士押解到绝壁别宫去，这别宫的名字也就可以指出他的地位的危险了。这座要塞是建立在峻险的山岩上面的，他的壕堑就是深谷；人家是从各方面倾斜危险的山坡走到这里来的；正如一切的古代别宫一样，大门是有吊桥的，而且是由一条宽阔的疏水沟加以保护的。狱官很高兴能够看守一位态度非常大方、说话流利、受有高等教育、赋有这时代极为稀罕的品性的与众不同的人物，他就好像是得到上帝的恩赐一样的接了骑士；他给骑士口头允许让骑士当绝壁别宫的主人，和骑士合作去反抗敌人。囚犯不能够要求比这更好的条件。鲍芜瓦是个忠实的绅士，但是不幸得很，他也是一个美男子。他有一副合意的脸孔，坚毅的气概，得人欢心的口才，大胆的勇力。他是机敏的，伶俐的，善于办事的，喜欢冒险的，他是一个绝好的领袖，他也应当有这些品性。狱官给囚犯指定了一所最舒适的寓所，让他坐上自己的桌上吃饭，一开头就只给这个王地人效劳。这位狱官是科西嘉人，他已经结过婚；他的妻子是漂亮可亲的，似乎是他所难于保守的；总之，他很妒忌她，因为他是科西嘉人，他是一个不得意的军人。鲍芜瓦使这位夫人快乐，他觉得她很合于他的趣味；也许他们互相爱恋了！在监狱里，爱情总是走得这么快啊！他们是不是做了些不谨慎的事情呢？他们所有的情绪是不是超过了我们对于妇女所应有的表面上的风流的范围呢？鲍芜瓦从来没有清清楚楚的解释过他的历史的这一段故事。但是，他只好让狱官自以为有权利对囚犯施展最严厉的处分。鲍芜瓦被人关在望楼里，人家只给他黑面包吃，清水喝，而用狱官给囚犯所施的永远的玩弄程序来制御他。露台下的狱房是用硬石头来盖穹窿的，墙壁厚得无可奈何，望楼就面对着深谷。当可怜的鲍芜瓦认清没有逃亡的可能的时候，他就堕进许多梦幻之中，这些梦幻其实就是囚犯的失望和他的悲哀的表现。他就忙于做了一些在他看来是大事的小事：他算着每日的时刻，他学着悲惨的囚犯的职业，自己回答自己的问话，欣赏着空气和太阳的价值；然后，两星期之后，他就得了这样一个可怕的疾病，这种推进囚犯去从事可以产生切实而不可解释的结果的事业的自由的烧热，我的朋友，大夫（他转过身来，瞧着毕安仓），他一定要说这是一种不可知的力量，是他的生理学的分析所不能了解的，是一种可以惊吓科学的人类的深刻的意志的神秘。（毕安仓做下一个否认的记号）鲍芜瓦破碎了自己的心，因为只有死亡才可以使他自由。一天早上，管钥匙的狱卒给他拿吃的东西来，把少量的食物递给他之后，狱卒并不走出去，却叉着手站在他的前面，奇怪的瞧着他。在他们之间，平常是很少谈话的，而且向来都不是由守卒开始谈话的。所以，骑士非常的惊谔，因为这个人居然对他说：

‘先生，您一定总想永远要叫您自己做勒勃郎先生或是勒勃郎公民。这我可管不了，我的职务并不是要查明您的真姓名。不管您叫做彼得也好，叫做保罗也好，这跟我都不相干。各人有各人的职务，牛总得好好的看守。然而我知道，’他一边说，一边用眼睛示意，‘您是查礼—菲力士—泰奥多尔，鲍芜瓦骑士，梅埃公爵夫人的堂弟……不是吗？’他歇了一会儿，又洋洋得意的加上一句，一边瞧了瞧他的囚犯。

看到自己是在严格的禁锢之下，鲍芜瓦不相信承认他的真姓名会使他的地位更形恶化。

‘好罢，如果我是鲍芜瓦骑士，这对您有什么好处呢?’他对他说。

‘噢，那就成了，’狱卒轻声的回答，‘请您听我说。我收到人家给我的钱，让我来使您容易逃走；但是请您等一等！如果我让人家怀疑的话，人家就要干干脆脆的枪毙我。我已经说我只是为着赚钱才预闻这桩事情的。拿去罢，先生，这是一把钥匙，’他一边说，一边从口袋里拿出一只锉子：‘您可以用这个锉断您的铁栏杆。好家伙，这不是好弄的！’他指着阳光透进监狱来的那只狭窄的窗口，接着说。

这是开在盖住望楼外边的壁饰上面，好些用以支撑凸壁的粗大的突出岩石之间的一种窗口。

‘先生，’狱卒说，‘您得锉得相当近，让您可以爬过去。’

‘噢！安静一点儿！我可以爬过去。’囚犯说。

‘而且得锉得相当高，让您可以在剩下的铁栏杆上结绳子。’狱卒接着说。

‘绳子在哪儿呢?’鲍芜瓦问。

‘在这儿，’门监回答说，给他投去一条打结的绳子，‘这是用布料造成的，让人家想象是您自己制造的，这绳子够长。当您爬到最后一个结上的时候，您就顺着绳子慢慢的滑下去，其余的就是您自己的事情了。您也许可以在附近找到一辆驾好马的车和在那里等待您的朋友们。但是，我一点儿也不知道，我！我用不着告诉您塔楼的左边有个守兵。您应当选择一个黑夜，等待巡哨睡觉的时刻。您可能会冒险让人家开枪射击，但……’

‘这好！这好！我不会久居在这里！’骑士兴奋的说。

‘啊！这也是非常可能的。’狱卒傻头傻脑的回答。

鲍芜瓦认为这句话只是这种人所有的幼稚的思想。不久就可以恢复自由的希望使他变成非常快乐的，他不能够不听从这个乡下人所说的话。他立刻就开始工作，白天就够得让他锉断铁栏杆。他怕狱官来巡视，就用铁锈来遮掩锉痕，给他染上铁的颜色。他藏起他的绳子，而用集中的忍耐和使囚犯的生活变成戏剧化的深刻的灵魂的激动来侦伺一个合宜的夜晚。最后，在一个秋天的灰黑的夜里，他锉完了铁栏杆，紧紧的结住了他的绳子，蹲踞在外面的石柱上，一只手抓住窗口上还留下的铁栏杆的棍头；然后他就等着夜里最漆黑的时候，巡哨应当已经睡觉的时刻。这差不多已经是早晨了。他知道守哨的时间，巡夜的时刻，囚犯所注意的一切的事情，甚至于无意中注意到的。他侦伺一个守兵巡了三分之二的时候因为下雾而退回哨舍的时候。确信已经集结了一切有利于逃走的机会，他就开始顺着绳结爬了下去，悬在天地之间，用巨人的力量抓住他的绳子。一切都是很顺利的。爬到最后之前的一个绳结正要跳到地上的时候，他忽然生出一个谨慎的思想，要用脚去寻找土地，然而他却找不到这土地。在一个满身流汗，疲惫而不知所措，站在拿生死来打赌的情形下的人方面，这是相当为难的。他预备跳下去。然而一个简单的推理却阻止了他：他的帽子掉了；侥幸得很，他听着这帽子的坠落所要产生的声响，然而他却什么也听不见！囚犯对于自己的地位未免怀着空泛的疑虑；他问自己狱官到底是不是给他张设一个陷阱？为的是什么目的？在这些不安的袭击之下，他几乎决定要在另外一个夜晚再来进行这步骤。他暂时决定要等待黎明的微光；因为这也许不是完全不便于逃走的时刻。不可思议的力量让他朝着望楼爬上去；当他好像一只猫在铅水管边缘一样的爬到外面的柱石上面的时候，他几乎是筋疲力尽了。不久，在黎明的弱光之下，他动了动他的绳子，看见在最后的绳结和绝壁的突出的岩石之间有小小的十丈的距离。

‘谢谢，狱官！’他用他所特有的冷静说。

然后，想到了这巧妙的报复之后，他就认为有回到监狱里来的必要。他就把死后的遗物留在床上，让绳子在外面，要人家以为他跳了下去；他静悄悄的隐伏在门后，手里拿着他所锉断的铁棍，等着没有信义的门监到来。没有忘记比平常早点来搜集死者的遗物的门监一边吹着口叫子，一边开了门；但是当他走到合适的距离的时候，鲍芜瓦就用铁棍在他的头盖上拼命的打去，奸人好像一块东西一样的倒了下去，连声音也叫不出来：铁棍打破了他的脑袋。骑士马上脱下了死者的衣服，换上了他的衣服，学着他的步伐，谢谢清晨的时光和大门的守兵的糊涂，他就逃走了。”

检察官和拉包特莱伊夫人都不像相信这篇故事有什么关于他们的事情的预言。有目的的人彼此投了几道疑问的眼色，奇怪这两位所谓的情人丝毫也不受感动。

“啊！我最好也给您讲一个故事。”毕安仓说。

“咱们瞧罢。”听众说着，来回答陆士铎所做的一个记号，这记号的意思就是说毕安仓是著名的讲故事的人。

二十、伟大的布勒特慈

一切聪明人都有一些逸事给人家讲述，正如拉包特莱伊夫人有她的一套话语似的，在那些组成他的叙述的基础的故事里，著名的医生就选择了名叫伟大的布勒特慈的一篇，这一篇故事是这样著名的，结果人家就依据他而编成了一部名叫《发兰丁》[①] 的戏剧。所以，把这篇故事在这样重述是多余的，虽然在当施别宫的

① 《地区的才女》初版时，著者曾在这里插进了一篇故事，凑成本书的第二十章，后来他又把它删去，加在《再论女人》的的尾巴上。

住民看来，这却是新鲜的果实。医生曾在笃慈小姐家里第一次讲这篇故事时得到许多的赞颂，这一次也是用值得同样赞颂的姿势和腔调说出来的。叙述伟大的西班牙人让麦勒夫人的丈夫逼在衣橱里面的墙边，站着快要饿死，这丈夫答应妻子的最后的恳求的最后一句话“您已经发誓说在这苦像之上并没有人!”的一段描写也产生了一切的效果。大家都有一忽儿的岑寂，这是相当使毕安仓愉快的。

“诸位先生，”拉包特莱伊夫人就说，“让一位女人弄到这个地步，爱情一定是个伟大的力量。”

“我平生曾经看见过许多奇怪的事情，”葛拉维埃先生说，“我几乎在西班牙亲眼看见过这一类的事情。”

“您在大演员之后来讲，”拉包特莱伊夫人对他说，一边用娇媚的秋波来祝贺两位巴黎人，“没有关系，您讲罢。”

二一、葛拉维埃先生态度严肃的叙述一篇骇人的故事

“进入马德里之后一些时候，”税务局长说，“柏尔大公爵就请这城里的重要人员去出席法兰西军队所给这新征服的京都开设的宴会。虽然是丰富的盛宴，西班牙人却并不在那里说说笑笑，他们的妇女也不大跳舞，大部分的客人就开始赌博。王宫的花园高燃灯彩，使贵妇们能够在那里和在白天一样安全的散步。宴会太美丽了。人家没有忘记拿一切的东西来使西班牙人对于皇上有个崇高的观念，如果他们要依据他的军官来判断他的话。在王宫附近的小树林里，早晨一两点钟之间，许多法兰西的军人都在谈论战争的可能性和西班牙人在这次盛宴中的态度所预兆的未可乐观的将来的发展。

‘相信我，’联队的外科军医说（我就在这联队里当发薪官），

‘昨天我已经正式向穆拉亲王①请求让我回去。这倒不是因为我怕把我的骸骨留在这半岛上，我宁可要给我们的善邻德国人所打的伤痕敷药去；他们的武器并不比西班牙人的拳头更向前走到我们的胸前。而且，在我看来，骇怕西班牙的心理只是一种迷信。我自幼读过许多西班牙的书和成千使我讨厌西班牙的风俗的冒险故事。好，自从我们进入马德里之后，如果不是英雄的话，至少我也已经是某种危险的阴谋的同谋者了，正如拉克丽夫贵妇的一篇小说所能表现的那样的黑暗。我自动倾听自己的感觉，自明天之后，我就要逃走了。穆拉绝不会拒绝我请假，因为，谢谢我们所有的功劳，我们总有强有力的保护。’

‘因为你都发了抖啦，请你告诉我们你的事情罢。’一位老共和党的上校回答说，他因为会说话，会诏谀，所以也就没有什么顾虑了。

外科军医小心的巡视一回他的周围，好像要看看环绕他的人到底是什么脸孔似的，当他确信旁边没有西班牙人的时候，他就说：

‘我们这里只有法兰西人；好，我就说罢，雨洛上校。六天之前，别了孟高尔尼将军之后，我在晚上十一点左右静静的回到我的家里来，孟高尔尼将军的旅馆离开我的旅馆只有几步路。我们两个人都是从传令官家里出来的，我们在那里打了一场炽烈的倍伊约特牌。忽然间，在一条小街的角落里，有两个不认识的人，两个魔鬼向我这边跑来，把我的头和我的臂膀捆在一件大外衣里头。你们应当相信我，我就好像被打的狗一样的喊叫；但是呢布塞住了我的声音，人家就用最快的速度把我放在车里架走了。’

当我的两位同伴给我弄走我的外衣的时候，我听见一位女人

① 拿破仑的妹夫，帝国的勇将，曾封为拿波尔王。

的声音，用不三不四的法文对我说这些忧愁的话：

“如果您叫唤的话，如果您显出要逃走的脸色的话，如果您做出最小的可疑的姿势的话，站在您面前的这位先生就会毫不迟疑的打死您。所以，请您安静，现在，我来告诉您人家所以架走您的原因。如果您愿意委曲给我伸过您的手来的话，您就可以找到在我们之间有您的两只外科的器具，这是我们特别派人到您家里去寻找的；这两只器具对您是有用处的；我们要把您带到一间房子里，让您去救援一位正要瞒着她的丈夫而给这位绅士生孩子的贵妇的名誉。虽然先生不大离开他的妻子，他总是溺爱她，而且总是用西班牙的妒忌来注意她的行为，她却居然能够隐瞒她的怀孕，他还以为她生了病哩。所以，您是去接生的。您不必关心这桩事情的危险，只是请您听我们的话；不然的话，车里在您对面的这个情人，这位一句法文也不会说的情人，只要您做下最微小的疏忽，他都要打死您。”

“可是，您到底是谁呀?”我一边找着我的对话者的手，一边对她说，她的手臂就包在一件制服的袖子里。

“我是太太的侍婢，她的心腹，如果您很漂亮的帮助我们的要求，我是便着由我自己来补偿您的。”

“赞成。”我说着，看到自己是被强力压迫去进行一个危急的冒险。

我利用黑夜来细察到底这位女人的脸孔和外表是不是和她的声音所给我感应的思想相符合。这位善良的女郎一定预先知道清楚这奇异的绑架的情形，因为她保守最令人欢心的缄默，车在马德里只走了十分钟，她也接受了我一个接吻，而给我送来一个满意的蜜吻。我对面的情人并不反抗我无意中所偿给他的几个踢脚；但是因为他听不懂法文，我相信他并不注意我们。

“我只能够在一种条件之下当您的情妇。”侍婢对我说，来回答我被立时的情感的狂热所奋激而对她说出的许多傻话。

“那末，什么条件呢?”

“您永远不要追究我到底是属于谁的。如果我到您家里来的话，这一定是在夜里，您也应当熄灭灯光来接我。”

“好。”我对她说。

当车子到达花园的一道墙壁附近的时候，我们的会话就停止在这里了。

“让我掩住您的眼睛，”女婢对我说，“请您靠在我的臂上，我自己带您走。”

她用一条手巾缚住我的眼睛，在我的脑后紧紧的打下了结。我听见刚才在我对面的缄默的情人往门锁里小心翼翼插进钥匙的声音。不久，身躯弯曲的女婢，步伐 moneho 的女婢……

“这是西班牙的一句话，”收税官做出一个稍微高傲的声调说，“一个可以描写妇女们知道印在袍衫某部分上面的绞痕的一句土话，您可以从这里推测……

“这位女婢（我再重述外科医生所说的故事），她就带我走过一座大花园的沙径，到了某一个地方才停住。由于我们在空气中所留下的声音，我猜想我们是在房子的前面。

“现在，请您安静，”她朝着我的耳朵说，“也请您注意您自己！别忘记看我的任何的记号，我不能够再跟您说话而不至于危及到我们两个人，这时候是救您生命的问题。”

然后，她就加上一句话，然而却是大声的说：

“太太是在地面层一间屋子里；要到那边去，我们就得走过她的丈夫的房子和他的卧床的前面；请您别咳嗽，请您轻轻的走，跟着我，别碰上什么家具，或是把脚踩在我所安排好的地毡的外边。”

这时候，情人低声的喃喃自语好像因为迟误而忍耐不住的人似的。女婢安静了，我听见人家开门。我感觉到一间寓所的温热的空气，我们就跟贼一样的蹑手蹑脚的走。最后，女人的柔软的纤手给我打开了我的眼带。我发现我是在一间一层高楼一般的大房子里，一盏吐烟的灯发出微弱的光线。窗户是开着的，但是这窗户是由妒忌的丈夫给他加上粗大的铁棍的。

我就好像包在口袋深底一样的被人扔在那里。在地下的一张席上有一个女人，她的头是用洋纱盖上的。她那满充泪珠的眼睛晶亮亮的从洋纱里边透了出来，她拼力在嘴上衔紧一条手巾，咬得太使劲，甚至于都把牙齿陷进了手巾里头去；我从来没有看见过这么美的躯体，然而这躯体却因为苦痛而这样的揉绞，好像投在火里的一条琴弦似的。这位可怜的女人的脚弯成两个半弓形的形状，靠在一架衣橱的上面；然后，她又用两只手擒住椅柄，张着血管发胀的手臂。她就好像一个口中塞有禁止说话的刑具的罪犯一样。一声喊叫也没有，除了骨节的轻微的声音之外，没有任何其他的声响。我们三个人也一声都不响，一动都不动的站在那里。丈夫的鼾声非常规则化的回响着。我想要研究研究这位侍婢，然而她却重新戴上她的面具（无疑的，她在路上是把这面具脱开了的），我也只能够看见两只黑眼睛和她所表现的相当可爱的形状。情人当场给他的情妇的腿掷去许多毛巾，再用一层洋纱蒙住她的脸孔。当我详细端详了这位女人之后，我从我已往在悲惨的环境中所得到的经验的同样的征候里看出孩子已经死去了。我斜过身来，朝着女婢，想要告诉她这事情。这时候，满心狐疑的陌生人就拿出她的拳头；但是他却有一切的时间来告诉这位女仆，女仆对他低声说了两句话。听了我的断案之后，情人不禁发了微颤，就像闪电一样快的从脚跟发抖到头上来；我好像觉得看见他的脸孔在黑色丝绒的面具下发了青白。女婢赶紧利用这位失望的男人瞧着苦痛得要死的女郎的机会给我指着排有许多杯预备好的柠檬水的桌子，摇了摇头。我懂得她是叫我不要喝这些柠檬水，无论热气如何的烘干了我的喉咙。情人口渴了，他拿了一个空杯，冲了冲柠檬，喝着。这时候，女人的剧烈的痉挛告诉我是进行手术的良好的时刻。我鼓起勇气，一小时的工作之后，居然能够一块一块的把孩子挖了出来。西班牙人懂得我是来救他的情妇的，他也就不再想来毒死我了。粗大的泪珠忽然流下他的颔部。女人并没有放出一声的喊叫，但是她却像受惊的野兽一样的颤栗，流出粗大的汗珠。在一个危险的时刻里，她做了一个姿势，指着她的丈夫的房子；丈夫刚刚翻了一翻身。在我们四个人之中，只有她一个人听到被单的摩擦，卧床或是帘账的响声。我们站住了，女婢和情人互相从面具的孔洞里瞧了一下火炽的眼睛，好像是说：如果他醒了，他就要杀死我们了！我就伸出手去拿陌生人所开始喝过的那一杯柠檬水。西班牙人以为我要喝那些已经预备好的柠檬水之中的一杯，他就好像猫一样的跳了过去，张开他的长手盖住两只放有毒药的杯子上，把他自己所喝的杯子让给我，给我做了记号，叫我喝完他所剩下的。这记号和这动作代表无数的思念，无穷的情绪，我不得不宽恕他的残酷的阴谋，因为他本来想杀死我，来消灭这桩事情的痕迹。两小时的谨慎和恐惧之后，女婢和我，我们又把她的女主人扶到床上睡。这位投身这种冒险事业的男子，他预先预备逃走，所以他曾经用纸包了金钢钻；他偷偷的把它们放在我的口袋里。这其中，因为我不知道西班牙人的奢侈的礼物，我的仆人就在第三天把这宝贝偷了去，带了这真正的财富逃之夭夭了。我朝着女仆的耳朵，对她说还得注意的看护，我就要走了。女婢留在女主人的旁边，这情形并不使我特别放心；我就决定小心防卫。情人把死去的婴儿和女仆用以接纳女主人的血痕的布料打成一个包裹；他紧紧的抱住这一包，把它藏在外衣里，伸过手来在我眼睛前面一动，意思是叫我闭上眼，他第一个人先走，又用牵起衣裾的姿势请我走。我听从他，给我的偶然的情妇送去最后一次的秋波。女婢看见西班人出去了，就打开了她的面具，给我露出世界上最为温雅的脸孔。当我走到天空之下的花园里时，我承认我好像有人给我取去压在胸口的重量一样的呼吸着。我谨慎的跟在引路人的后面相当的距离，用最大的注意力来察视他的最小的动作。走到小门的当儿，他拉住了我的手，在我的嘴唇上盖了一下。我看见戴在他左手上的指环上面的印章，我让他听见我懂得这包含有无数意义的记号。我们到了街上了，那里有两匹马等着我们；我们大家都骑上一匹，我的西班牙人牵住了我的马络线，用左手去拉它，在他的牙齿间衔着他的马缰，因为他的右手还有那一捆血腥的包裹。我们就像闪电一般快的走了。我不能够注意任何可以让我认识我们所走过的道路的东西。天色微亮的时候，我发现我已经来到我的门前了，西班牙人就朝着阿多慈门那一边逃走了。”

“您没有看见任何的东西，可以让您揣测这位女人是哪一种女人吗？”上校对外科医生说。

“只有一桩事情，”他回答说，“当他把这不认识的女郎放在床上的时候，我注意到在她手臂中间有一个小小的斑点，就和豆一样粗，旁边都是棕色的毛。”

这时刻，不谨慎的外科医生忽然脸孔苍白了；一切的眼睛都跟着他的眼睛朝着一个方向瞧：我们看见一个西班牙人，他的眼睛就在一丛橘树林里发亮，这个人就和天神一般轻快的失踪了。一位军校拼命的追了上去。

“好家伙，朋友们！”外科医生喊道，“这毒蛇一般的眼睛真叫我寒栗。我觉得我耳朵里听见有打钟的声音！请你们接受我的告别罢，你们会把我埋葬在这里的！”

“您不太傻吗？”雨洛上校说，“发尔冈追着那位偷听我们说话的西班牙人去了，他一定会知道其中的缘故。”

“怎么样呀?”看见军校气喘的回来，军官们就喊道。

“远啦!”发尔冈回答说，“我相信，他穿过了这许多墙。因为我不相信他是个卫士，我想他一定是这家里的人；他清楚知道过道，拐弯，很容易的就逃去了。”

“我完啦!”外科医生悲恻的说。

“算了罢，你放心，柏迦（他叫做柏迦），”我回答他说，“我们轮流在你旅馆里看守，一直等到你动身的时候为止。今天晚上，我们都陪着你。”

果然，三位赌输了钱的青年军官就送外科医生回到他的住所去，我们之中的一个也答应留在他家里。第三天，柏迦得到遣送回法兰西的允许，他准备了一切，要和一位穆拉派遣强力的卫队护送的贵妇一同走；当他的仆人来通知他有个年青的女郎要跟他谈话的时候，他正在朋友们的陪伴下吃完了饭。外科医生和三位军官立刻下楼，只怕有什么圈套。不知名的女郎只能够对她的情人说：“您得留心!”随着就躺了下去，与世长辞了。这位女郎就是侍婢，她感觉到自己中毒，就希望来得及到这里来救救外科医生。

“好家伙！好家伙!”发尔冈喊道，“这就叫做爱情！一位西班牙的女人是世界上唯一能够身中大毒还要快步行走的女人。”

柏迦若有所思的愣住。为着消灭使他苦楚的凶恶的感觉起见，他就坐上桌，和他的朋友们一同放肆的痛饮。大家都半醉了，都早去睡觉。半夜的时分，可怜的柏迦被一种在铁棒上拉开窗帘环的声音惊醒了。他在床褥中坐了起来，满身机械的发抖，正如我们这样醒来时所有的一样。他看见一个西班牙人蒙在外衣里，站在他的前面，给他投来他在庆祝会时看见在树林里溜走的同样的发亮的眼睛。柏迦嚷了起来：

“救命啊！救我的命，朋友们！”

听了这句失望的呼声，西班人却回报以苦笑。

“鸦片烟是为大家生长的。”他喃喃的说。

说了这种判词之后，陌生人就指着三位昏沉的朋友，在他的外衣底下拔出刚刚砍断的一只妇人的手臂，兴奋的递给柏迦看，让他瞧瞧他所疏忽描述的斑点：

“就是这个手臂吗？”他问。

在放在床上的灯火的微光下，柏迦认得这个手臂，他不禁惊吓得不省人事了。没有其他的询问，不知名的女郎的丈夫在他的心坎给他插进一把匕首……”

二二、新闻记者反叛了

“这得跟炭商们讲，”新闻记者说，“因为得有他们的坚信才可以叫人家相信这个。您能够给我解释到底是死的人或是西班牙人告诉您吗？”

“先生，”收税官回答说，“我看护这个可怜的柏迦，五天之后他就在极度的苦痛中死去。这还不算完。出兵恢复费尔丁南七世的时候，我被派到西班牙去出差，非常非常侥幸，我只走到杜尔，因为人家那时候叫我等待桑西尔的税收。动身的前夜，我在李斯杜麦夫人家里参加跳舞会，我应当可以在那里找到许多出色的西班牙人。离开埃加尔特牌桌的时候，我看见一个西班牙被流放的贵族，他到杜尔兰来刚有两星期。他很晚才到这跳舞会来，他第一次在这社会中出现，他的妻子陪着他去参观许多的客厅；这妻子的右臂整个的僵化，不能动弹。我们悄悄的走开，让这一对夫妇走过去，我们很受感动的看着他们。请您想象一下这张穆里罗[①]的活画。在漆黑而深凹的眼眶下，这个人露出他那呆定的火焰一般的眼睛；他的脸是枯干的，他那没有头发的头盖是褐色的，他的身躯令人生畏，因为他太瘦了。他的妻子！请您想象她！……不，您想不出她是什么样子。她有这种让西班牙文创造 moneho 这句话的身材；虽然是苍白的，她还很美；她的颜色是一种西班牙人所特有的天赋，发出白光；但是她那满充着西班牙的阳光的眼色却好像是溶化的铅条一样的落在您的身上。夜会快要结束的时候，我问她：'太太，您因为什么丢掉您的手臂呢?' 她回答我说：'因为独立的斗争。'"

"西班牙是个怪诞的国家，"拉包特莱伊夫人说，"那里留有一些阿拉伯的风俗。"

"噢，"新闻记者笑着说，"这种喜欢砍断手臂的癖好是很早就有的，这就好像我们报纸中的谣诼一样，不时不时都会重新出现的，因为自从一五七〇年起，这题目已经给西班牙的戏剧供给过许多的材料……"

"那末，您以为我能够假造一篇故事吗?"葛拉推埃先生受到陆士铎的无礼态度的刺激，就说。

"您不会。"新闻记者狡猾的回答。

"呃，"毕安仓说，"小说家和剧作家的假造往往是从他们的书籍和剧本跳进实在的世界里去，这和实在的生活之登上舞台，之侵入书本是一样常有的。我亲眼看见《假人》这篇喜剧都成为事实，只是没有见到结局而已：人家从来没有能够给奥尔冈[②]张开眼皮。"

① Murillo 是西班牙的著名画家。

② 莫利哀喜剧《假人》的人物。

“而且孔斯坦·边查民的悲喜剧《阿窦尔夫》随时都在演出哩。”陆士铎喊道。

“您相信葛拉维埃先生刚才所给我们叙述的故事还会到法兰西来吗?”拉包特莱伊夫人说。

二三、克拉疑先生表现他的纯洁无罪

“呃！我的天哪!”检察官喊道，“在法兰西国里每年所发生的十个或是十二个大罪案之中，有一半罪案的情形至少都是和您所述的冒险故事同样的奇怪，并且，在浪漫方面，往往还要超过这些故事。这种事实不是由法院新闻给它刊布出来，证明出来的吗?依我看来，报纸是最荒谬的。报纸只是一八二六或是一八二七年之后才发行的，所以在我开始走进检察官的事业时，他是不存在的，我刚才所给您叙述的罪案的情节是发生这罪案的地区之外的地方所不知道的。在杜尔的圣彼得高尔镇里，一位因为丈夫在一八一六年遣散罗瓦尔军队时失踪而大为痛哭的女人是用她的特别的忠诚让人注意的。当委员们到外省各乡村来巡视，在这里重新建立从前被人推倒的十字架，在这里擦去无情的革命的痕迹时，这位寡妇是一位最为热诚的新入教的教徒，她负了十字架来，她在十字架上钉上一个穿插一条箭矢的银制的心脏，委员们走了之后，很久的时间里，她却每天晚上到这十字架脚下来祈祷。这十字架是插在大教堂的背后的。最后，在悔疚的克服之下，她忏悔承认了她曾犯过一个惊人的罪案。她曾杀害她的丈夫，就像人家杀害福阿尔德斯[①]一样，她宰着他，把他用盐腌好，一块一块的装在两只旧酒桶里，简直跟腌猪肉似的。相当长的时期内，每天早

① Fualdès 系一八一七年于罗德斯（Rodez）被刺的法官。

晨，她都割了一块，把他扔在罗瓦尔河里。她的忏悔师请示了上峰，又告诉他的忏悔人说他得通知检察官。这位女人等着法官的检验。检察官和豫审审判员来检查地窖的时候，还发现她的丈夫的头腌在一只酒桶的盐里。预审审判员对被告说：'然而，可怜的女人，您有这么野蛮的心肠，把您丈夫的躯体投在河水里，您为什么不把您丈夫的头灭迹呢？那样的话，人家就找不到证据了……'她说：'我常常试过，先生；但是我总觉得他太重。'"

"那末，人家怎么对付这位女人呢？"两位巴黎人嚷着。

"她被判死刑，就在杜尔受刑，"法官回答说，"不过，她的悔改和她的宗教的热诚总让她赢得一般人对她的同情，虽然她犯有极大的罪案。"

二四、帝政时代的一个戏弄

"呃！"毕安仓说，"我们知道群众所不会揭破的家庭幕景后面所扮演的一切悲剧……我觉得人间的法律并没有权利来干涉，来判断夫妇间所产生的罪行；它只能有警察的权利，但是它却一点儿也不懂不得它所谓的正义。"

"往往在长时期里，牺牲者却原来就是刽子手，"拉包特莱伊夫人天真的回答说，"甚至于这罪行有的时候就好像可以责罚，如果受罚的人敢和盘托出的话。"

毕安仓所引起的这句答案和检察官所述的故事就使两位巴黎人对于迪娜的地位觉得很难确定。所以，当睡觉的时刻到来的时候，在这老别宫的走廊上就举行有一种秘密的会议，一切的男人都留在那里，手里拿着烛台，神秘的谈论着。葛拉维埃先生就懂得这个有趣的夜会的目的，拉包特莱伊夫人的贞洁算是在这夜会中明白的表现出来了。

“总之，”陆士铎说，“别宫女主人的镇静指明一种深刻的变性，同时也指明一种最幼稚的诚实……我觉得检察官好像要给我提议把这矮个子拉包特莱伊腌在盐似的……”

“他明天才回来，谁知道今天夜里会发生什么事情呢？”加田说。

“我们以后会知道的。”葛拉维埃先生说。

别宫的生活包含有无数的恶作剧，其中还有非常没有信义的。饱经世故的葛拉维埃先生提议在拉包特莱伊夫人的门上和检察官的门上加上封皮。给诗人伊璧古斯作证的飞鹤①也不能够跟这些侦探别宫生活的人所用的头发相比拟，他们用两团小蜡丸把头发压在一只门的开关处，放得这样的低或是这样的高，人家实在想不到有这个陷阱。如果这风流人出来开了另外一个人家所怀疑的门的话，两边头发就拨起来了，这也就可以说明一切了。当他们认为每一个人都已经熟睡的时候，医生、新闻记者、收税官和加田就像真正的偷窃一样，赤着足走来，神秘的封锁了这两只门，自己决定要于早晨五点钟来检查这封皮的状态。请您想象一个当这四个人手里都拿着蜡台，胡乱的穿好衣服，来查考头发而发现检察官和拉包特莱伊夫人两个人门上的头发都保全得完完整整的时候，他们是如何的惊愕！加田是如何的快乐！

“是那个蜡罢？”葛拉维埃先生说。

“是那个头发罢？”陆士铎问。

“是呀！”加田说。

“一切都改变了，”陆士铎说，“您可以替树林中的罗宾砍伐荆

① 古希腊诗人 Ibycus 于林中为强盗所杀，时有鹤群飞过，见此情形。嗣后，其中一盗，于奥林比亚运动会中见有鹤群飞翔，不慎而言曰：“此乃证人也。”案遂破。

棘了。”

收税官和院长的公子用一道眼色互相询问，意思是说：“这句话不是要讽刺我们吗？我们得发笑呢，还是得发怒呢？”

“如果迪娜是有道理的女子的话，”新闻记者朝着毕安仓的耳朵说，“她是值得我来收获她的初恋的。”

二五、疏忽的宣言

要在几分钟内占有桑西尔人九年来都得不到的地位，这念头就对陆士铎微笑。有了这个思想，他就第一个人下来，到花园里去，希望能够在那里碰到别宫女主人。这机遇是太好了，因为拉包特莱伊夫人也希望和批评她的人谈谈。最大的机缘算是找到了。

“昨天，您打蜡啦，先生，”拉包特莱伊夫人说，“今天早上，我很为难，不能够给您预备什么新的娱乐，除非您不愿意到拉包特莱伊来，您可以在那里比这里更好的观察外省，因为您只说一丁点儿关于我的可笑的事情；但是，说明世界上最美丽的女人的格言也同样的关照外省的可怜的女人。”

“这傻子加田一定告诉了您我所说的一句想要让他承认他爱您的话。前天吃饭的时候，夜会的时候，您的缄默已经够得给我揭破一种在巴黎绝不会有的疏忽。您要什么呢！我并不吹牛说我是聪明的。所以，我就设计来叙述这一切的故事，目的是要看看我们是不是可以使你们，您和克拉疑先生，懊悔……噢！请您放心，我们已经确信您是贞洁的了。如果您会对这有道德的法官有些缺点的话，您就会在我的眼睛里失去了您的一切价值……我喜欢完全的。您并不爱，您不会爱这位冷酷、短小、干枯、寡言的高利贷，这位在酒桶方面，在土地方面放高利贷的人，这位把您栽在那里，希望从芟后又生的草中得到二十五参丁利益的人！噢！我认识清楚拉包特莱伊先生就和巴黎的预支者一模一样：他们是同类的。二十八岁，美丽的，贤慧的，没有孩子的……瞧，太太，我从来没有遇过更好的道德的问题……《塞维尔·巴桂达》的作者应当是做过无数的梦！……我可以对您说一些没有年青人所有的虚伪的率直的话，我老了，我已经没有什么幻想了；但望人家在我所做的事业里保留一些儿幻想！……”

这样的开端，陆士铎算是取消了真情需要长期巡哨的温柔乡的地图；他直截了当的走到目的，而便着让女人们贡献她们久已要人寻求的东西，可怜的检察官就是一个例子；在检察官看来，最后的宠幸就是在走路的时候比平常更清静的拉紧迪娜的手臂，放在自己的胸口，这位幸福的男子！所以，为着避免有损她的“超等女人”的声望起见，拉包特莱伊夫人就想方法去安慰这位副刊大王，给他预言他没有想到的未来的爱情。

“您曾经寻过欢乐，但是您还没有恋爱过，”她说，“请您相信我，真正的爱情常常会走到和生活相抵触的地方。您瞧，庄慈先生年老的时候却爱上了埃斯勒尔·方妮，放弃了七月的革命，去参加这位舞女的演习！”

“找我觉得很难，”陆士铎回答说，“我相信爱情，但是我却再也相信不了女人……当然我自己一定有许多缺点，使我不让人爱，因为我常常被人抛弃。也许我太有过分的理想……就像一切曾经推究过现实的人一样……”

拉包特莱伊夫人于是就听着这位男子说话，这是一位堕在巴黎最聪明的环境里而带来许多大胆的定理，许多几乎是天真的腐败、过分的确信的男子；如果他不是超卓的话，他至少很会装做超卓的样子。埃田在迪娜身边得到一种初次公演的成功。桑西尔的巴桂达呼吸着巴黎的风涛。她在埃田和毕安仓之间过了一个最惬意的日子，他们给她讲述当时伟人的奇异的逸事，总有一日变成我们这一世纪的《嘉言录》的聪明的语句；这些故事和话语在巴黎已经是通俗的了，然而在她却是新鲜的。当然，陆士铎说了许多柏利的著名女作家[①]的坏话，但是他的目的很明显的是要逢迎拉包特莱伊夫人，要引导她走到文学的机密的地带里来，让她知道这位女作家是她的劲敌。这种颂扬陶醉了拉包特莱伊夫人；克拉疑先生、收税官和加田都觉得她比前一天和埃田更为亲密。这些迪娜的爱人都抱歉自己曾经到桑西尔去大吹大擂当施的夜会。听了这些话，他们就觉得没有一句聪明话没有说到。时光匆促的逝去，然而他们去却觉不出这流逝的足迹。他们都会庆贺这两位巴黎人，认为是两个“奇人”。在梅伊道上的过分的吹嘘结果就让十六个人当天晚上到当施来，有的坐家里自备的两轮轻马车来，有的坐着板车来，还有几个独身者就骑着租赁的马来。七点钟左右，这些外省人多少都相当神气的走进当施的庞大的客厅里来，预料这侵略的迪娜已经在客厅里高燃灯火，她已经把遮蔽家具的灰色布都脱了下来，因为她认为这夜会是她的一个伟大的日子。陆士铎、毕安仓和迪娜互相交换几个狡猾的眼色，一边研究客人的姿态，一边听着这些因为好奇而来的客人的谈话。用过两年的帽子上大胆的呈现有多少破旧的缎带、遗传的花边、老旧的假花呀！毕安仓的表姐布瓦路慈院长夫人和医生交换了几句话，不费分毫的请教了他一些关于他所谓的神经痛的病理，他认为她的毛病只是胃口的周期的不消化。

“请您每天好好的喝一点儿茶，吃完饭之后，跟英国人一样，您的病就会好了，因为您所有的是一种英国式的病。”毕安仓严肃的回答。

“这的确是个大医生。”院长夫人回到克拉疑夫人、鲍宾萝—

---

① 按：即桑德·乔治。

仓地埃夫人和高尔儒市长夫人这边来，口里说。

“人家说，”克拉疑夫人拿扇蔽着嘴上回答说，“迪娜叫他来，多半是知道不生育的原因，不是因为选举的事情……”

在他们的第一刻的成功里，陆士铎就介绍这满腹经纶的医生，认为是将要举行的选举的惟一可能的候选人。但是在县长的极度满意下，毕安仓却让人家注意他绝不能够为政治而放弃他的医学。

“只有没有主顾的医生才能够让人任命为议员，”他说，“所以，请你们任命政治家，思想家，知识丰富而知道如何站在高处去完成立法者的责任的人：这种人是我们的议院缺乏的，这是我们的国家所需要的！”

二六、不会不成功的袭击

两三个年青人，几个年青男女都详细的研究陆士铎，好像他是一个喜欢恶作剧把戏的人似的。

“瓦布路慈·加田先生说陆士铎先生每年写文章可以赚到两万佛郎，”市长夫人对克拉疑夫人说，“您相信这个吗？”

“这是可能的吗？人家才给检察官一千厄古薪俸哩……”

“加田先生，”仓地埃夫人说，“请您让陆士铎先生大声说话，我还没有听见他说……”

“他的靴子多好看！”仓地埃夫人对她的弟弟说，“他就这么样的发亮。”

“唔！这是加漆的。”

“你为什么没有呢？”

陆士铎终于觉得他未免太矫揉造作了，他认出在桑西尔人的态度里有他所引起的羡欲的征验。

“可以给他们什么打击呢？”他想。

这时刻，所谓的拉包特莱伊先生的仆人，穿着制服的农户就带了许多信件、报纸来，又交来一捆校对稿，新闻记者就让毕安仓取了它，因为拉包特莱伊夫人看见了这捆包扎得宜，形状合适的校对稿，就对他说：

“怎么！文学都跟着您到这里来了吗?”

“不是什么文学，而是一种杂志，我得在这杂志里校完一篇小说稿，十天之后就得到刊印出来。我是在‘结尾于下次续完’的注明下来的，我给印刷所留下我的通讯处。啊！我们这一碗饭也不容易吃呀，我们给了印刷投机家不少的代价！我将来再给你们描写杂志总编辑的怪事。”

“谈话会什么时候开始呢?”迪娜就对克拉疑夫人说，好像人家问“几点钟放花炮啊”似的。

“我相信，”鲍宾萝一仓地埃夫人对她的表妹布瓦路慈院长夫人说，“我们一定可以听到许多的故事。”

正如舞台下面急躁的观众一样，桑西尔人都在喃喃的作响，这时候，陆士铎却看见毕安仓醉沉在校件所灵感的梦幻里。

“你有什么事儿呀?”埃田对他说。

“这真是世界上最好的一篇小说，包你这校对样的脏纸上边的这篇小说。瞧，你念：《奥林比亚或罗马人的报复》。”

“咱们瞧，”陆士铎一边说，一边拿过医生给他递来的污脏的纸张。他又拉高嗓子，念着：

奥林比亚　页一〇四

穴窟。同伴们是懈怠的，他们只在天空中勇气而不敢在罗马城里冒险。林那尔多非常生气，他给他们投去一道轻蔑的眼色。

“难道只有我一个人吗？”他对他们说。

他若有所思似的，然后又接着说。

“你们真是可怜虫！我要一个人去，我也要一个人单独得到这丰富的掠获物……你们懂我的话！……再见。”

“我的船长！……”郎柏尔提说，“如果您没有成功就让人家抓去了呢？……”

“上帝会保护我的！”林那尔多指着天上接着说。

说了这些话，他就出去，路上碰着勃拉基安诺总管。

“这一页完了，”陆士铎说，一切的人都敬虔的听他念。

“他给他们念读他的著作，”加田对鲍宾罗一仓地埃夫人的儿子说。

“依据这最初几句话，太太们，”新闻记者抓住这机会来欺负桑西尔人，就接着说，“我们知道清楚这些强盗是在一个穴窟里面的。现在的小说家在地方色彩的借口下对于细末情节的描写都是非常好奇、非常慎重的，然而那时候的小说家却如何疏忽这一点啊！如果这些强盗是在一个穴窟里头的话，我们绝不能说指着天，我们应当说：指着穹窿。虽然有这个错误，我总觉得林那尔多是一个懂得行动的人，他呼唤上帝也可以让人觉得是意大利。这篇小说里有个地方色彩的征候。嘿！强盗，穴窟，知道计算的郎柏尔提……我觉得这一页是整出的戏。请您在这最初的成分里加上一段淫奔的故事，一个梳着高高的发髻，穿着短裙的少女，再加上一百句讨人厌的诗文……噢！我的上帝，观众一定要来看的！然后林那尔多……这名字真合拉风的式！给他假定许多黑色的宠臣，一条折角的裤子，一件外衣，几撮胡髭，一把手枪，一顶尖帽子；如果芜德维尔的经理有勇气拿些钱让报纸写些评论的话，芜德维尔戏院就已经演上五十场，我也可以得到六千佛郎的著作权费，如果我愿意在我的副刊上给这篇剧本说些好话的话。咱们继续下去罢——”

或罗马人的报复　页一九七

勃拉基安诺公爵夫人重新找到她的手套。当然，带她到橘树林里来的阿窦尔夫一定相信这遗忘是有媚情的作用的，因为那时候树林是荒芜的。庆祝会的声浪在远处泛泛的回荡着。预先通告的傀儡戏把一切的人都吸引到这看棚里来。奥林比亚从来没有这样美丽的呈现在他的爱好者的眼中。激动着同样热火的他们的眼睛互相的了解。他们有一刻使灵魂有美的寂寞，这寂寞是无法打破的。他们坐在同一样的凳子上，他们是在巴鲁支骑士和高声大笑的人们的前面。

“胡闹！我看不见我们的林那尔多了，”陆士铎喊道，“但是，在了解私奔的情节里，一位文学家不会在这一页上做下什么进步呢？奥林比亚公爵夫人是一位能够在荒林中有意忘记她的手套的女人。”

“除非当了动物学中最邻近的造化牡蛎和公事房的二头目之间的东西以外，我们就没有法子在奥林比亚中认识……”毕安仓说。

“一位三十岁的女人！”拉包特莱伊夫人激奋的说，她只怕他说出一句过分医学味的形容词。

“阿窦尔夫那时候二十二岁，”医生接着说，“因为一位三十岁的意大利女人就像是四十岁的巴黎女人。”

“用这两个假设，小说就可以结构了起来，”陆士铎接着说。“而这位巴鲁支骑士！哼？……什么东西！在这两百里，作风是软弱的，作者也许是间接税局的一位职员，他一定因为要还清裁缝店的债务才写这小说……”

“这时代，”毕安仓说，“出版物都得受检查，我们得宽恕一八〇五年死在剪刀下的人，就像我们宽恕那些一七九三年走上断头台的人一样。”

“您懂得一点儿吗？”市长太太高尔儒夫人懦怯的问克拉疑夫人。

能够于一八一四年使年青的葛萨克逃走（依据葛拉维埃先生的说法）的检察官夫人两脚紧紧的站住，正如骑士靠紧站在他的马蹬上面似的，她给她的邻座呶一呶嘴，好像是说：“人家瞧着我们！我们无妨笑笑，好像我们得懂得似的。”

“这真有趣！”女主人对加田说，“——赏一个脸罢，陆士铎先生，请您继续下去罢！”

二七、继续讲小说

陆士铎瞧着两位妇人，两座真正的印度塔婆，他居然能够保持尊严的态度。他认为有叫唤一声“注意”的必要，而接着念读：

或罗马人的报复　页二〇九

袍子在寂寞中微荡。突然间，保尔保里加诺红衣主教出现在公爵夫人的眼前。他的脸孔是阴黑的，他的额头好像蒙有一层乌云，一个苦笑画在他的皱纹之中。

“太太，”他说，“您被人家怀疑。如果您有罪的话，请您逃走！如果您没有罪的话，也请您逃走，因为无论有罪无罪，在远的地方总是容易辩护的……”

“我谢谢主教大人的挂念，”她说，“如果我认为要让人家看见勃拉基安诺公爵还存在的话，他就可以重新出现。”

“保尔保里加诺红衣主教!”毕安仓嚷着，“用教皇的权威！如果您不同意我说只在这名字里就存在有一个伟大的创造的话，如果没有注意到‘袍子在寂寞中微荡’这句话，拉克丽夫人在黑衣忏悔妇的供状里所发明的车塘尼这角色所表现的诗意的话，您就不配读小说……”

“在我看来，”怜悯呆视两位巴黎人的十八个脸孔的迪娜接着说，“这寓言倒成。我都认识：我是在罗马，我看到一个被杀的丈夫的尸体，他的邪恶的大胆的妻子把他的床架在火口上面。每天夜里，每次欢乐的时刻，她都对自己说：‘一切都要被人发现！……’”

“您看见她紧紧的抱住阿窦尔夫先生吗?”陆士铎喊道，“她紧紧的抱着他，她要把整个的生命消磨在这个接吻里！……我的印象，阿窦尔夫是个天生漂亮的青年，但是他是没有精神的，好像意大利戏院的一位青年似的。林那尔多翱翔在私通之上，这私通是我们所不认识的，但是却必得像毕克西－勒古尔的一幕悲剧一样的加油扮演。并且，我们也可以想象林那尔多像是雨果戏剧中的一个人物一般的走到舞台的背后去。”

“这也许就是丈夫。”拉包特莱伊夫人喊道。

“您懂得这些话吗?”毕埃德福夫人问院长夫人。

“这太有意思了。”拉包特莱伊夫人对她的母亲说。

一切桑西尔人都睁着眼睛，好像一百苏的钱币那样的大。

“继续讲下去罢，再赏一个脸。”拉包特莱伊夫人说。

陆士铎继续下去：

奥林比亚　页二一六

“您的钥匙！……”

“您丢了吗?”

“在树林里……”

“咱们跑去罢……”

“红衣主教会不会捡到它呢?”

“不会！……钥匙在这儿……”

“我们真是虎口逃生啊!”

奥林比亚瞧着钥匙，她以为认得是她的；但是林那尔多却换上了一把：他的巧计成功了，他有了真正的钥匙。他是近代的卡尔笃慈[①]，他有卡尔笃慈的能耐和大胆，他想只有相当数量的财宝才能够使一位公爵夫人永远留在他的怀抱里。

“你找！……”陆士铎嚷着。“下一页正面没有什么，只有二百一十二页才可以引起我们的关心——”

奥林比亚　页二一二

“如果钥匙丢了呢!”

“他就得死……”

“死！您不是应当承认他所给您提出的最后的恳求，给他自由，只要他……”

“您不认识他……”

---

① 巴黎名盗Cartouche，他的大胆和才能已经成为一般人所传诵的资料了。

“可是……”

“请你别说。我是把你当做爱人看待，并不是当做忏悔人看待。”

阿窦尔夫缄默无言。

“然后，就有一个爱神骑着山羊驰奔，一张诺尔曼所画、杜布拉所刻的插画……噢！那里有许多名字。”陆士铎说。

“那末，后来呢？”那些懂得的听众说。

“这一章已经完了，”陆士铎回答说。“插图的情况整个的改变了我对于作者的意见。为着在帝政时代得到刻在木上的插图起见，作者应当是一个国家顾问或是巴尔特勒米－哈多夫人，已故的德福尔慈或是施温英。”

“阿窦尔夫缄默无言！……啊！”毕安仓说，“公爵夫人至少三十岁。”

“如果没有下文的话，就请您发明一个结局罢！”拉包特莱伊夫人说。

“可是，”陆士铎说，“校样的纸张只印有一面。在活印术里，第二面的纸张，或是说得更容易懂一点儿，您听，应当也得印字的反面却留有无数不同的痕迹，这是属于所谓试印的校样的一类。因为得非常长的时间来告诉您什么是一张废纸的不规则的情形，您得知道它不能够再保守印刷机在上面印好的最初十二页的痕迹，您不能够记起人家所给您打的最初的一棍，如果有什么土耳其的总督责罚您在脚底下让人打上一百五十棍的话。”

“我简直是个疯子，”鲍宾罗－仓地埃夫人对葛拉维埃先生说，“我想法子解释什么是国家顾问、红衣主教、钥匙和这校样……”

“您找不出解释这篇笑话的钥匙，”葛拉维埃先生说，“呃，连我也找不出，美丽的贵妇，请您放心。”

“可是那里还有一张纸。”瞧着桌上所放的校样的毕安仓说。

二八、拉克丽夫·安娜时代的小说

“好，”陆士铎说，“这是完整的！这上面的记号是Ⅳ；J，二版。太太们，Ⅳ的意思是第四册。J是第十个字母，意思是第十张。这给我证明这部一共四册的十二开本的小说是成功的，因为已经出了第二版了，除非是书商骗人以外。让我们念念，再来猜猜这个谜罢——”

或罗马人的报复　页二七一

走廊；但是，因为觉到自己是在公爵夫人的人众的追逐之下，林那尔多就并不觉得躲起来比立——

“请你出去走走罢！”

“噢！”拉包特莱伊夫人说，“在您那切开的校样和这一页之间有许多重要的事情。”

“请您说，太太，这宝贵的一张好纸！但是那一页说到公爵夫人把手套丢在树林里的是不是属于第四册的呢？算了罢！我们再继续下去罢——”

刻到隐藏勃拉基安诺家的财宝的地窖去更靠得住。就像拉丁诗人的葛美儿那样的轻捷，他就跑到维斯巴先浴场的神秘的进口去。当机巧的林那尔多用天赋的聪明发现墙中有门而立刻跑走的时候，火把已经照耀着各墙间。一道可怕的思考掠过林那尔多的灵魂，好像打破云霞的霹雳似的。他已经

被人监禁起来了！他用忧惧的急促摸着墙，当他找不到秘密的门锁的痕迹时，

“噢！这一张好纸和切开的校样是相连续的！切开的校样的最后一页是二一二页，我们这里却有二一七页，事实上，如果在校样里，换上了一把相似的钥匙，偷去了奥林比亚公爵夫人的宝藏的钥匙的林那尔多在这一张好纸里在勃拉基安诺公爵的宫殿里的话，我觉得这小说要走到一个结局上。我希望在您方面也就和在我方面一样的清楚……在我想来，庆祝会是结束了，两位情人回到勃拉基安诺宫殿来了，夜来临了，那时候是早晨一点钟。林那尔多要巧妙的下手了！”

“那么，阿窦尔夫呢？……”布瓦路慈院长说，他变成口舌敏捷的人了。

“这是什么笔调呀！”毕安仓说，“林那尔多觉得走就是躲起来！……”

“当然，这小说绝不是马拉丹、特勒德尔和吴尔慈，或是多格罗所印的，”陆士铎说，“因为他们有校对员给他们校对搞，这是现在出版家应当花费的浪费，是现在的作家觉得快乐的。……这一定是堤岸上的劣货……”

“什么堤岸呀？”一位女人对她的邻座女郎说。

“请您继续下去罢。”拉包特莱伊夫人说。

“总之，这并不是一个国家顾问。”毕安仓说。

“为什么他们要在那里边讲到救济会的哈多夫人呢？”院长夫人问她的儿子。

“这位哈多夫人，亲爱的院长夫人，”别宫女主人回答，“她是总裁时代的一位女作家……”

“那末，帝国现代，女人们也写作吗？”鲍宾罗一仓地埃夫

人问。

“那末，庄里斯夫人呢？那末，施泰埃尔夫人呢？”检察官为迪娜而受到这句话的刺激，他就这样的说。

“啊！”

“请您继续下去罢，谢谢，”拉包特莱伊夫人对陆士铎说。

陆士铎重新拿起稿子，说：

“第二一八页！——”

奥林比亚　页二一八

他不免失望的大叫一声。他没有法子否认危险的现实。特别为着满足公爵夫人的报复而巧妙张设的门不能够从里边打开，林那尔多用脸颊触着好几个地方，然而什么地方也觉不到看棚的热气。他希望能够碰到一个缝隙，给他指明这堵墙的尽头，然而，他找不到！他找不到！……这墙壁好像是整块的云母石……

然后，他就发出一声缄默的狮子吼……

“好罢，我们还以为最近曾经发明过一些狮子吼，”陆士铎说，“帝政时代的文学已经认识这种狮子吼了，甚至于用一种自然历史的才能来把它形容出来，这是缄默的这句话所证明的。”

“请您别想这些啦，先生，”拉包特莱伊夫人说。

“原来您是这样的！”毕安仓嚷着，“兴趣是浪漫派的怪物，他扼住您的喉咙，抓住您，就像刚才扼住我的喉咙一样。”

“念罢！”检察官说，“我懂得！”

“这个夜郎自大的家伙！”院长朝着他的邻座县长的耳朵说。

“他要逢迎拉包特莱伊夫人。”新托县长回答说。

“那末，让我念下面的罢。”陆士铎庄严的说。

人家在最深刻的寂寞里听着新闻记者的念读：

或罗马人的报复　页二一九

一道深沉的叹息回答林那尔多的喊叫；但是，在他精神昏乱的状态里，他认为是回音，因为这一声叹息是微弱而深远的！这决不能够是从人类的肺腑里出来的……

“圣玛利亚！”不认识的人说。

“如果我离开这地方的话，我再也找不到他！”当他恢复他所常有的镇静的时候，林那尔多心里想，“打的话，我一定要让人家认出来了。怎么办呢？”

“谁在那儿呀？”这声音问。

“哈！”强盗说，“这里的吓蟆会说话吗？”

“我是勃拉基安诺公爵！无论您是谁！只

奥林比亚　页二二〇

要您不是公爵夫人的人，都请您来，我用一切圣人的名字发誓，请您来我这儿！……”

“我得知道你在那儿，公爵大人，”林那尔多用知道自己是人家所必要的人的无礼的神气回答说。

“我看得见你，我的朋友，因为我的眼睛已经习惯在暗中摸索。听我的话，请你一直走……好，往左走……来，来这儿。我们算是联合起来了。”

林那尔多小心翼翼的先伸出手，他碰到许多铁杆。

“你骗我！”强盗说。

“不，你碰到我的囚笼……请你坐在那边的一条石床上。”

或罗马人的报复　页二二一

“勃拉基安诺公爵怎么会被人关在囚笼里呢?”强盗问。

“我的朋友，我已经关在这里三十个月了，站在这里，不能够坐下……可是你是谁呀，你?”

“我是林那尔多，冈巴英的王子，八十个法律所妄称为罪犯的勇士的领袖，这些勇士是一切的女人所崇拜的，然而却是审判官用古代的遗风所要加以绞决的。”

“赞美上帝！……我有救了……一个老实人一定会骇怕的，但是我确信我能够和你处得

奥林比亚　页二二二

非常的相得，”公爵喊道。“噢！我亲爱的救星，你得一直武装到牙齿为止……”

“真的!”

“你有……?”

“是的，有锉刀，钳子！……Cerpo di Bacco（巴古[1]的身躯!）我刚刚借了许多勃拉基安诺家的宝藏。”

“你有合法的一大份，亲爱的林那尔多，也许我要你陪着我一块儿去追逐那些人……”

“你使我惊异，大人！……”

---

① Bacco (Bacchus) 系酒神，为天神耶必达（Jupiter）之子，尝救援其父。

“听我的话，林那尔多！我不要告诉你我心里所有的绞心的报复的欲望：我已经在这里三十个月了。——你是意大利人吗？——你会懂得我！啊！我的朋友，我的疲惫和我这可怕的拘禁跟

或罗马人的报复 页二二三

我心中所有的碎心的苦痛比，简直不算什么。勃拉基安诺公爵夫人还是罗马最美丽的一位女人，我太爱她了，所以我是妒忌的……”

“您，您是她的丈夫！……”

“是的，也许我做错了事吗？”

“当然啦，这是不可能的。”林那尔多说。

“我的妒忌是公爵夫人的行为所激起的，”公爵接着说。“事实证明我没有想错。一位年青的法兰西人爱上了奥林比亚，她也爱上了他，我有证据证明他们的相互爱恋……然后，我就

“太对不起了！太太们，”陆士铎说；“但是，你们瞧，我没有法子不叫你们注意帝政时代的文学是如何直接描写事实而没有叙述其中的细节，我觉得这是原始时代的特征。这时代的文学是站在德勒马克各章的简述和检察官的公诉状之间的东西。他有思想，但是他却没有把这思想表达出来，他是傲慢的！他观察，但是他却没有让任何人知道他的观察，他是吝啬的！只有福赤告诉过某人他的观察。用两世界杂志的最幼稚的批评家的话来说，那时候的文学只满足于贡献一个相当纯粹的骨骼和古代式的相当简洁的人物的轮廓；他并不在章节上跳舞！我相信他就没有章节，他就

没有使人眼睛发亮的词藻；他告诉您：‘吕班爱特瓦勒特，特瓦勒特不爱吕班，吕班杀死了特瓦勒特，警察抓了吕班，吕班被人关在监狱里，被人带到重罪裁判所去受审，上了断头台。’强力的骨骼，简洁的轮廓！多好的悲剧啊！可是，现在的时代，野蛮人也会使词藻生光发亮。”

“有的时候甚至于死人也会，”克拉疑先生说。

“啊！”陆士铎答辩说，“您就喜欢这些光荣吗？”

“这是什么意思呀？”听了这句双关语而感觉不安的克拉疑夫人问。

“我觉得我是在灶里打滚。”市长夫人回答说。

“他这句笑话一加解释就没有什么意思了。”加田说。

“现在，”陆士铎接着说，“现在的小说家却描写个性；他们不是给您一个简洁的轮廓，而是给您揭开人类的心灵，他们要您对特瓦勒特或是吕班发生兴趣。”

“我，我真骇怕一般民众在文学方面所受到的教育，”毕安仓说，“正如被查理十二世打败的俄国人终于懂得怎么打仗一样，读小说的人也终于学会了艺术。从前的时候，人家只问到小说有什么趣味；至于作风，谁也不注意，连作者也不注意；至于思想呢，空空如也；至于地方色彩呢，丝毫也没有。不知不觉间，读者渐渐的要有作风，要有趣味，要有感动性，要有切实的知识；他要求文学的五官：发明，作风，思想，知识和情趣；然后就来了批评家，草率的胡说一顿。批评家只能够发明一些谤语，他认为不是从完全的脑袋里流出来的著作都是有毛病的。几个能够结合文学五官的幻术家，好像斯各脱，就出了风头了。那些只有精神，只有知识，只有作风，只有情趣的人，这些跛人，这些无头类的动物，这些鳞鸥，这些文学界的小丑就开始喊叫一切都失败了，他们就鼓动发起组织对抗污渍职责的人的十字军，或是否认这些人的著作。”

“这就是你们的最近文学界的纠纷历史了。”迪娜说。

“谢谢！”克拉疑先生喊道，“咱们再回到勃拉基安诺公爵的故事来罢。”

在会场的极大失望下，陆士铎接着念读好纸：

奥林比亚　页二二四

愿意确信我的不幸，因而能够在上帝和法律的保护下来报复。公爵夫人猜出我的计划。我们先用思想斗争，然后再用手中的毒物打仗。我们都愿意互相自勉，得个我们所没有过的信心：我要她喝药水，她要擒住我。她是女人，她胜利了，因为女人比我们多有一种陷阱，我也就堕进去了：我很高兴；但是，第二天早上，我却在这只铁笼里醒来。我在这黑暗的地窟里整天的咆吼，这地窟就

或罗马人的报复　页二二五

位在公爵夫人的卧室下面。晚上，一只巧妙张设的锤子就把我提了上去，我也就穿过了楼板，看见公爵夫人在她情人的怀抱里，这位情人给我掷来一块面包，每天晚上的食品。这就是三十个月以来我的生活！在这云母石的监狱里，我的叫声不能到达任何的耳朵。我没有任何的机遇。我没有什么希望了！事实上，公爵夫人的卧室是在宫殿最深的地方，当我被提到那里去的时候，我的声音是谁也听不见的。每次看见我的妻子，她就给我指示我为她和她的情人所预备的毒药；

奥林比亚　页二二六

我问她要这毒药；但是她却拒绝不让我死，她给我面包，我也就吃着！我吃得好，我活得好，我计算过没有强盗！……”

“是的，大人，当这些愚笨的老实人睡着的时候，我们却醒着，我们……”

“啊！林那尔多，我一切的财宝都是属于你的，我们就像兄弟一样的分，我愿意给你一切……甚至于我的公园……”

“大人，我死的时候，请您给我弄到教皇的赦免令，这对我的身份更有用。”

或罗马人的报复　页二二七

“你要什么就给你什么，但请你给我锉断我的囚笼的铁杆，再借我你的匕首……我们没有时间了，快点儿……啊！如果我的牙齿都是锉刀的话……我曾经用牙齿咬过这铁杆……”

“大人，”林那尔多听公爵所说的最后一句话，就说，“我已经锉断了一条铁杆。”

“你真是神明!”

“您的太太给维拉维西奥沙公主拜生日去，她和她的小法兰西人一同回来，她迷醉在爱情里，所以我们总有时间。”

“你完了吗?”

“完了……”

奥林比亚　页二二八

“你的匕首!”公爵激奋的问强盗。

“在这儿。”

“好。”

“我听见机关的声响。”

“别忘记了我!”强盗说，他知道公爵感激他。

“不会比忘记我父亲更容易忘记你。”公爵说。

“再见!”林那尔多对他说，“——瞧，他就这样的飞了上去!”强盗看见公爵失踪了，就加上一句说，“不会比忘记他父亲更容易忘记我，”他心里说，“如果这是他用来回想到我的话！……啊！我曾经发誓过不要伤害女人！……”

但是，让我们暂时撇开这位反复思考的强盗，而和公爵一样到这宫殿的寓所上面来。

或罗马人的报复　页二二九

结局

公爵夫人从来没有这样的美丽过；她从浴室里出来，穿得和女神一般，看见阿实尔夫耽逸的躺在枕头上。

“你真美呀。”她就对他说。

“你也一样，奥林比亚！……”

“你总是爱我吗?”

“总是更爱你。”他说。

“啊！只有法兰西人懂得恋爱!”公爵夫人喊道，“……今天晚上你要好好的爱我吗?”

“是呀……”

“那末，你来罢！”

于是，也许因为保尔保里加诺红衣主教特别用力使她心里想到她的丈夫，也许因为她觉得要给他表示更多的爱情，她就用一种仇恨和热爱的动作拨动了机关，伸出手臂给……

“都在这儿！”陆士铎喊道，“因为印刷所经理在包捆我的校稿时撕破了其余的；但是，这已经够得给我们证明作者给我们许多的希望。”

二九、拉包特莱伊先生的自白

“我一点儿也不懂。”第一个打破桑西尔人的寂寞的布瓦路慈·加田说。

“我也不懂。”激怒的葛拉维埃先生回答。

“然而这是帝政时代所写的一篇小说。”陆士铎说。

“啊！”葛拉维埃先生说，“依照人家所述的强盗的口气，我们可以看出作者并不认识意大利。强盗们并不能够说这一类的话。”

高尔儒夫人看见毕安仓心有所思，就走来给他指着赋有相当嫁资的女儿高尔儒·欧菲美，对他说：

“真是胡说八道！您所开的药方比这些故事有价值得多。”

市长夫人细想过这一句话，依据她的说法，这句话可以证明她的聪明。

“啊！太太，我们得宽仁一点儿，因为我们只有一千页之中的二十页。”毕安仓瞧着高尔儒小姐说，看了小姐身躯一眼，可以使第一次的怀孕流产。

“好罢，克拉疑先生，”陆士铎说，“我们昨天讲到丈夫们所发明的报复，您要说些妻子们所发明的什么报复呢？”

“我想，”检察官回答说，“这不是关于一个国家顾问的小说，而是关于一位妻子的小说。因为有奇怪的观念，女人们的想象是比男人们的想象走得更远的，证据是雪莱夫人的《佛兰肯史泰因》、《黎恩纳·黎恩尼》，拉克丽夫·安娜的著作和谟宾·葛美儿的《新布罗米特》。”

迪娜呆呆的瞧着克拉疑先生，用一种可以使他寒栗的表情使他懂得虽然有这许多著名的例子，她却想到《赛维尔·巴桂达》。

“噢!”矮小的拉包特莱伊说，“被妻子关在囚笼里，每天晚上要他看见她在情人的怀抱里的这位勃拉基安诺，他要杀死他的妻子……您就叫这个做报复吗？……我们的法律和社会还要残暴哩……”

“为什么呢?”陆士铎说。

“原来是小个子拉包特莱伊说话。”布瓦路慈院长对他的妻子说。

“但是，人家只给妻子留下轻微的款项，让她生活，因此，一切的人也就离开了她；她既没有服装，也没有地位，在我看来，这两个东西是女人的整个世界。”短小的老年人说。

“但是她有幸福。”拉包特莱伊夫人神气十足的回答。

“不，”矮人一边回答，一边点起他的烛台，要走去睡觉，“因为她有一个情人……”

“在一个只想到葡萄压条和树林的男人方面，他是聪明的。”陆士铎说。

“他应当有所感触。”毕安仓回答说。

唯一懂得毕安仓的话的拉包特莱伊夫人开始发笑了，她笑得这样的精致，又这样的苦涩，医生不由得猜到这位别宫女主人的私生活的秘密，因为她那早熟的皱纹清早以来就是他所注意的。但是她，迪娜，她却没有猜想到丈夫刚才一句话给她投来的恶兆，已故的杜勒教士没有忘记给她解释的预言。当她瞧着新闻记者，给他回报他的笑虐时，短小的拉包特莱伊就在迪娜的眼睛里惊异的认出女人们不再谨慎开始调戏时所有的光焕而快速的柔情。迪娜不再留心丈夫请她保守的礼仪，正如陆士铎不再注意来时迪娜给他说的狡猾的意见。

除了毕安仓以外，一切其他的人都会因为陆士铎的快速成功而惊愕；但是他并不因为迪娜只选择副刊抛弃医学院而觉得伤痛，因为他是个医生。事实上，自以为伟大的迪娜应当更容易接近表面上的聪明，不容易接近伟大的性格。爱情往往选择不同，而不选择相同。医生的坦白和纯洁，他的职业，这一切都损害了他。原因是这样的：要爱恋的女人（迪娜要被爱，也要同样的爱恋）对自愿献身于困苦事业的男人们都有一种本能的厌恶；不论她们如何的超卓，受人追逐的时候，她们总毕竟还是女人。陆士铎是诗人，又是副刊编辑，这位娇装厌世的浪子，他却显出可以取悦女人的焕发的精神和一半闲荡的生活。真正的善意，真正的高尚男子的伶俐的目光却窘迫了迪娜，她不能够自认渺小，就对自己说：

“也许医生比新闻记者强，但是我却不大喜欢他。”

然后，她就想到这种职业的责任，自问到底在一位医生眼里一位女人是不是可以变成病人之外的东西，因为医生每天看见很多的病人！毕安仓在纪念册上所写的第一个思想就是医学观察的结果，这句话一直落在女人的身上，迪娜怎么能够不受他的打击呢！毕安仓的主顾不允许他多作勾留，他就于第二天走了。除了在心上受到神话所说的古毕顿的箭矢以外，哪一个女人会在这样短的时间内就下决心呢？毕安仓一旦看见了这些可以产生惨剧的小故之后，他就用四句话给陆士铎开了他对拉包特莱伊夫人的奇怪的断案，使新闻记者大为惊惧。

三十、男人法典所允许的一个会谈

两位巴黎人窃窃私语的时候，不明白陆士铎的解说的桑西尔人就激起了一个反对别宫女主人的风波。围坐骰子桌的女人们并不注意检察官、县长、院长、首席检事勒巴斯、拉包特莱伊先生和迪娜所叙述的小说，她们只觉得这是一种欺罔，而责备桑西尔的才女预闻这阴计。一切的女人都期待能够过个美焕的夜会，一切的女人都落空的紧张着她们的精神机能。想到受了巴黎人的愚弄，任何东西都比不上这思想更会激动外省人的反感。

毕埃德福夫人离开了骰子桌，给她的女儿说：

“你告诉这些太太去罢，她们很奇怪你的行为。”

陆士铎不能不注意到迪娜比桑西尔的上流妇女更有明显的超卓性。她穿得最美，动作非常的温雅。她的脸色在灯光的照耀下现出一种甘美的白皙。她好像宫中的王后，在老脸孔和穿得不入时的少女之间特别显得出众。陆士铎拭去了巴黎的观念，他忍受外省的生活；如果他太富于幻象，不能不受这别宫的繁华、精美的雕刻、古色古香的内部的美丽的影响的话，他也太有知识，不会忽略增强这文艺复兴时代的珍贵的家具的价值。所以，当桑西尔人一个一个的在迪娜的陪送之下走了（因为她们都得走一个钟头的路），当客厅里只剩下在当施睡觉的检察官、勒巴斯、加田和葛拉维埃先生的时候，陆士铎就已经改变他对迪娜的意见了。他的思想已经完成了初次见面时拉包特莱伊夫人大胆给他指示的变化。

“啊！他们在路上要怎么样的攻击我们啊！”别宫女人送院长、院长夫人、鲍宾罗－仓地埃夫人和她的小姐上车之后，就回到客厅里来，嚷着说。

夜会剩余的时间是愉快的。小团体的每一个人都畅快的谈论陆士铎解释包裹校稿的纸张时桑西尔人所有的脸部表情，而加以偶然的讽刺。

“亲爱的，”毕安仓睡觉的时候对陆士铎说（人家把他们两个人安置在一间排有两只睡床的大房子里），“你一定会变成这位外姓毕埃德福的女人所选择的福星！”

“你相信吗？”

“呃！这很容易了解：你要留在这里，因为你在巴黎有过太多的冒险，在女人们看来，一位运气好的男人总有一种我也说不出来的刺人的成分，可以诱惑她们，使她们变成可爱的；这是不是要让她们这回忆特别胜过其他的回忆的虚荣心呢？她们是不是要请教他的经验，好像一位病人额外筹赏一位著名的医生呢？或是，她们高兴能够唤醒一个萎靡的心灵呢？”

“快感和虚荣都是爱情所有的，因为这些秉性都是能够真切的，”陆士铎回答说，“但是，如果留下的话，这却是因为你给迪娜证明的贞洁的证书！她很美，不是吗？”

“她讲爱情的时候会变成非常美丽动人的，”医生说，“然后，总之，总有一天她会变成富有的寡妇！一个孩子也可以使她有她对她的财产所有的同等的快乐。”

“可是，讲恋爱真是个好举动，这位女人！”陆士铎喊道。

“一旦生了孩子，她就要发胖了，她的皱纹也就会没有了，她也就会像个二十岁的少女了……”

“那末，”陆士铎一边在被单里翻转，一边说，“如果你要帮我的话，明天，是的，明天，我，……总之，夜里好。”

三一、情感在车里快速的发展

六个月以来，拉包特莱伊夫人的丈夫给她送了几匹耕马和一辆破旧得只管发出铁响的四轮轻马车。第二天，她就想送毕安仓一直到戈斯纳去，因为他得在那里乘坐过路的里昂公共马车。她带了她的母亲和陆士铎；但是她却计划叫母亲在拉包特莱伊下车，自己和两位巴黎人一同到戈斯纳去，一个人单独和埃田一块儿回来。她穿着一身漂亮的服装，让新闻记者不由得不斜着眼睛来觑觎：古铜色的半截靴，灰色的丝袜，油光棉布袍，一条配合各种眼色的长流苏的绿色肩巾，一顶饰有黑色花边和鲜花的美丽的帽子。至于陆士铎呢？这个浪子也整个的武装了起来：加漆的长靴，褶在前面的英国布的裤子，一件开胸的背心让人家看出一件特别精致的衬衣和绣有最好看的领结的黑段领球，一件非常轻飘的短礼服。检察官和葛拉维埃先生看见两位巴黎人坐在四轮轻马车里，觉得自己好像两个傻子似的站在石阶脚下，就互相送出一道相当怪异的眼色。拉包特莱伊先生站在最高一层的石阶上，用他的小手给医生招呼致敬，他听见克拉疑先生对葛拉维埃先生说了下面一句话，不禁微微的一笑：

"您得骑上马陪着他们去。"

这时候，骑在拉包特莱伊先生的驯良的母马背上的加田就从通达马厩的小径上转了出来，到这里来会合四轮轻马车。

"啊！好极了，"收税官说，"这孩子穿得跟传令官似的。"

"真麻烦！"迪娜看见加田就嚷着说，"十三年之内，因为我结婚十三年了，我就没有三个钟头的自由过……"

"结了婚吗，太太？"新闻记者微笑着说，"您让我想起已故的米楚的一句话。米楚太会说话了。他动身到巴力士坦去，他的朋友们他说到他的年龄，说到这种游历的危险。其中的一个问他：‘你结了婚吗？’他就回答说：‘噢，我结过一点儿婚！’”

严肃的毕埃德福夫人忍不住微笑了。

“我并不奇怪，如果我看见克拉疑先生骑着我的小马来参加这仪仗的话。”迪娜嚷着说。

“噢！如果检察官不参加的话，”陆士铎说，“到达桑西尔的时候，您就可以撇开这位年青人。毕安仓一定得说在桌上忘记了什么东西，例如他的第一课讲义，您也就可以请加田到当施去找去了。”

这奸计虽然是简单的，却使拉包特莱伊夫人快乐。从当施到桑西尔的路上有许多美丽的山景，常常有罗瓦尔的优美的瀑布所流溢的小湖。这条路走来颇为畅快，因为迪娜非常高兴已经得到人家的了解。人家谈到爱情的理论，这可以让朋友们私下里来测量彼此的心情。新闻记者特别有声有色的发出他那腐化的风流的言论，证明爱情并不顺从任何的律则，情人的性格是随环境的不同而无限的变化，社会生活的事变还会增高各现象的差异，在这情绪里一切都是可能的，真实的；长时期抵抗一切的诱惑，抵抗真诚的情感之后，一个女人却会只在一个单独的念头，一个秘密的内心的风涛里（在这念头和这风涛中，只有上帝的存在）几小时之内整个的失败了！

“呃！这不是说明三天以来我们所讲的故事吗？”他说。

三天以来，迪娜所有的热烈的幻想都吸收在最阴险的小说里，两位巴黎人的谈话就好像是最危险的书籍一样的反应在这位女人的身上。陆士铎用眼睛跟随着这个巧妙的示威，来等待这个牺牲品变成完全轻率的时刻（这牺牲品的善良的意志就隐蔽在忧郁不定的品性而生的梦幻之下）。迪娜要给两个巴黎人指示拉包特莱伊，人家也就在那里表演了所谓毕安仓把讲义忘记丢在当施卧室里的喜剧。加田听从他的女王的命令，快步疾驰而去，毕埃德福夫人到桑西尔去购买一些物品，迪娜一个人和两位朋友走上戈斯纳的道路。

三二、同学的帮忙

陆士铎坐在别宫女主人的身边，毕安仓坐在车子的前头。两位朋友的谈话极富情感，而对这个这样被人误解，这样被人包围的精强灵魂的命运极表同情。毕安仓非常巧妙的帮忙新闻记者，因为他窃笑检察官、收税官和加田；他的谈吐有一种我也说不出来的轻蔑，甚至于拉包特莱伊夫人都不敢给崇拜她的人们辩护。

“我解释得非常清楚，”医生渡过罗瓦尔河时，这样的说，“您现在的情况。您只能够是脑中的爱情所能接近的，这种爱情往往会引到心中的爱情，然而没有疑问，这些人就没有一个能够给一位精细女郎的眼睛瞒蔽最初的生活所有的恶劣的成分。现在，您这一方面，爱情已经变成您的一种必要了。”

“一种必要！”迪娜嚷着说，她好奇的瞧着医生，“我难道得依据您的药方去讲爱情吗?”

“如果您继续您已往的生活的话，三年之内您就会变成丑恶的。”毕安仓用威严的声调回答。

“先生！……”几乎被吓坏的拉包特莱伊夫人说。

“请您原谅我的朋友，”陆士铎用滑稽的气度对男爵夫人说，“他老是医生的态度，在他看来爱情只是一种卫生的问题。但他并不是自私自利的，他只是关心您，这是很明显的，因为他一个钟头之后就走了……”

在戈斯纳，许多的人都围住这新加油漆的破旧的四轮轻马车。这马车的雕板上可以看见路易十四赐给新贵拉包特莱伊的徽号：

红色底而有黄色的天平，徽章的上部是蓝色底加上三个银色交织的十字架；两边的支柱是两只蓝色领黄色项链的银色狗。这个讥讽的格言：上帝这样的发扬法规和人性，已经用霍西埃①的嘲笑科罚了依皈加尔维尼教的信徒。

“咱们出去走走罢，他会来通知我们的。”男爵夫人一边说，一边打发她的车夫去巡候。

迪娜挽了毕安仓的手臂，医生非常快速的到罗瓦尔河边去散步，结果就把新闻记者扔在后面了。医生的一闪眼就够得让陆士铎懂得他要帮忙他的朋友。

“埃田使您高兴，”毕安仓对迪娜说，“他都是依照您的幻想说话的。我们昨天晚上谈到您，他爱您……不过他是个轻薄儿，难于安定，他的贫苦叫他不得不到巴黎去找生活，然而您的一切却命令您住在桑西尔……请您把生活看得高一点儿……请您和陆士铎交朋友，不要太强求，他每年可以到您这里来三次，在您身边过几天美丽的日子，他可以使您美丽，使您幸福，使您富贵。拉包特莱伊可以活上一百年，但是他也能够九天之内就死去，如果他误把薄绒卷尸布来包捆自己的话；所以，您千万不要累及任何方面。你们两个人都得乖一点儿。别跟我说一句话……我知道清楚您的心绪。”

拉包特莱伊夫人没有法子辩护，因为她所听的话是这样的确切，她的面前是个既是医生，又是忏悔师，又是知心朋友的男子。

“呃!”她说，“您怎么能够想象一个女人可以和新闻记者的情妇们竞争呢？……我觉得陆士铎很可爱，很聪明；但是他是衰朽的。……呃！……”

迪娜又开始走路，她不得不停住她的语流（她本来想用这些

① Hozier系十七世纪一个研究世系和徽章的专家。

话来瞒蔽她的意向），因为急于要在戈斯纳得到进步的埃田走到他们的面前。

“我相信，”毕安仓对她说，“他需要严肃的爱情；如果他改变了生活的方式，他更会发展他的天才。”

迪娜的车夫急促的跑来，告诉她们公共马车已经到来。大家就快步的走。拉包特莱伊夫人在两位巴黎人的中间前进。

“再见，孩子们，”毕安仓走进戈斯纳之前，说，“我祝福你们。”

他脱开了拉包特莱伊夫人的手臂，让陆士铎挽着她，陆士铎把她的手臂用一种温柔的表情紧紧的抱在胸口。在迪娜看来，这是多么不同的啊！埃田的手臂使她生出最热烈的感情，然而毕安仓的手臂却不能使她生出任何的感觉。她和新闻记者互相送了一道红热的眼色，这眼色不只是承认了他们的爱情。

“只有外省的女人穿油光棉布袍，这是唯一不能够免除褴褛的一种布料，”陆士铎对自己，“这位女人选我做爱人，一定会因为她的袍子做出许多太拘束的礼貌。如果她穿轻丝的袍子的话，我一定会变成更快乐的……为什么不穿呢？……”

正当陆士铎研究拉包特莱伊夫人到底是否有意穿一件油光棉布袍来给自己设个不可侵犯的蔽障时，毕安仓就在车夫的帮助下把行李搬进公共马车。最后，他就来对他表示热情的迪娜致敬。

“请您回去罢，男爵夫人，让我……加田就要来啦，”他朝着她的耳朵说，“他太晚了……”他又高声接着说：“再见！”

“再见，伟大的人物！”陆士铎一边说，一边给毕安仓伸出手，行握手礼。

三三、有德性的女人懂得厌恶油光棉布

新闻记者和拉包特莱伊夫人两个靠近坐在老四轮车的深处，重新渡回罗瓦尔河，他们两个人都犹豫不敢开口说话。在这情况下，打破岑寂的语言是有一种可怕的威力的。

“您知道我怎么爱您吗?”新闻记者急速的说。

成功可以使陆士铎快乐，但是失败却不能够使他有丝毫的苦痛。这种毫不在意的态度就是他的大胆的秘密。他拉住拉包特莱伊夫人的手，给她说了一些这样清楚的话，把这手紧紧的握在自己的两只手里；但是迪娜却静静的脱出她的手。

“是的，我就等于一个娇艳女工或是一个女戏子，”她用感动的声音，嘲笑的说，“但是您相信一个虽属可笑而颇有智慧的女人曾经给一个只把她当做暂时快乐的男子留下心中最美丽的宝藏吗?……听见您嘴里发出许多人已经给我说过的这句话，我并不奇怪……但是……”

车夫转过头来。

“加田先生在这儿。”他说。

“我爱您，我要您，您一定是属于我的，因为我从来没有觉到任何的女人有您给我感应的东西!”陆士铎在迪娜的耳朵上说。

“无论我如何，也许?”她微笑着答辩。

“除非为着我的名誉，您有被人热烈攻击的地方。”陆士铎说，油光棉布的不幸的性质总是给他指示出一个滑稽的念头。

加田到达桥头之前，大胆的新闻记者就这样敏捷的扯破了油光棉布袍，拉包特莱伊夫人甚至于都觉得不好意思露面。

“啊！先生！……”迪娜庄严的喊道。

“您怀疑了我。”巴黎人回答说。

可是加田却以被愚玩的情人的轻捷到来了。为着重新得到一些拉包特莱伊夫人的敬重起见，陆士铎尽力遮掩扯破的袍子，不让加田瞧见，他就离开迪娜跳出车来，跟加田说话。

“请您跑到我们的旅馆去，”他对他说，“时间还来得及，公共马车半点钟之后才开驶；讲义稿是在毕安仓住的那间房子的桌子上，他一定要这个，因为他不知道怎么讲书。”

“您去罢，加田！”拉包特莱伊夫人一边说，一边用充满专制的表情给崇拜她的年青人投去一道眼色。

在这坚请之下，这位孩子就转过头来，向后快步跑去。

“赶快到拉包特莱伊去！”陆士铎叫着对车夫说，“男爵夫人生病了……只有您的母亲知道我的计策的秘密。”他一边说，一边重新坐在迪娜的身边。

“您管这个丑事叫做计策吗？”拉包特莱伊夫人一边说，一边抑制几颗被骄傲的怒火所烧干的泪珠。

她靠在四轮车的一角上，两手叉在胸前，瞧着罗瓦尔河，村野，一切的一切，除了陆士铎以外。新闻记者于是就用了妩媚的腔调，一直说到拉包特莱伊。在这里，迪娜就从她的四轮车里跳了出来，躲到她的家里去，不让任何人看见她。在纷乱的情绪下，她立刻跑到一张沙发上坐下，哭了起来。

“如果我是您的一个厌恶、怀恨、轻蔑的对象的话，好，我就走了。”随着她来的陆士铎就说。

这位浪子就跪在迪娜脚前。就在这紧张的时刻，毕埃德福夫人出现了，她对她的女儿说：

“喂，您怎么啦？有什么事儿啊？”

“请您马上给您小姐拿了一件别的袍子来。”大胆的巴黎人朝着敬虔的女人耳朵上说。

听见加田所骑的马的快步的蹄声，拉包特莱伊夫人就跑进了她的卧室，她的母亲也跟着她来。

“旅馆里什么也没有。”加田对走来迎接他的陆士铎说。

“您在当施别宫也什么都找不到吗?”陆士铎回答说。

“您给我开玩笑。”加田用干脆的腔调辩答说。

“完全没有错，”陆士铎回答说，“拉包特莱伊夫人觉得您没有请求过她就跟在她的后面来，未免太不合适。相信我的话，引诱女人和烦扰女人比，只是一个笨拙的方法。迪娜骗了您，您让她发笑，十三年来在她的身边，你们之中任何一个人都没有做过这样的成功。这是毕安仓的功劳，因为令表是这篇寻找讲义的滑稽戏的作者……您的马不会生什么毛病罢?”当加田自问是不是应当发怒的时候，陆士铎却滑稽的说。

“我的马！……”加田重复的说。

这时候，拉包特莱伊夫人穿着丝绒跑出来了，陪着她来的母亲给陆士铎送来激奋的怒眼。在加田之前，迪娜不能够和陆士铎显得冷淡严厉的神气，因为这不谨慎。陆士铎就利用这情形给这位假冒的鲁克丽丝[1]伸出手臂，然而她却拒绝了他。

“您要不要送走一个把生活都贡献给您的男人呢?”他一边说，一边走近她的身边，“我要到桑西尔去住一夜，明天就走。”

“你来吗，妈妈?”拉包特莱伊夫人对毕埃德福夫人说，因此可以避免回答陆士铎逼她决定的一个直接的辩论。

巴黎人帮助迪娜的母亲登上车，他帮助拉包特莱伊夫人，轻轻的挽住她的手臂，而和加田一同坐在车的前面，加田把马留在拉包特莱伊。

---

① 一位罗马女人的名字（Lucrece），这位女人因为受辱而自杀，结果也就引起了政治上的纠纷，而建立了罗马共和国。后人即以其名来作宁死不屈的女人的代表。

“您换了袍子啦。”加田笨拙的对迪娜说。

“男爵夫人受罗瓦尔的凉风的吹打，招了凉了，”陆士铎回答说，“毕安仓劝她穿得暖暖和和的。”

迪娜脸部发红得和红罂粟一般，毕埃德福夫人的脸变得非常的严厉。

三四、油光棉布的作用

“可怜的毕安仓，他已经走上巴黎大道了，真是好心肠!”陆士铎说。

“噢！是的，”拉巴特莱伊夫人回答说，“他真是伟大，真是精细，他这个人……”

“我们动身的时候是这么高兴的，”陆士铎说，“可是您现在却是悲伤的，您说得这么的苦楚，这是什么缘故呀？……您难道不大惯听人家说您漂亮聪明吗？我，我当加田的脸宣告我要弃绝巴黎，我要留在桑西尔，使您的随从增多。我觉得我在我的故乡非常的年青，我已经忘记了巴黎和它的腐败习气，它的烦扰，它的累人的欢乐……是的，我的生命好像是净化了。……”

迪娜让陆士铎说话，不去睬他；但是终于有一个时刻，这个长蛇一般的舌头所发出的词藻居然是这样的伶俐（因为他是用语言和思想来假装他的情感，这语言和思想的意义是加田所不了解的，然而却在迪娜心中大放光彩)，结果迪娜也就举起眼睛，瞧着他。这一垂青好像是给陆士铎注入无限的快乐，陆士铎也就加倍的热烈，而使拉包特莱伊夫人大声大笑。当一位尊严这样大被侵犯的女人忽然失笑的时候，一切都算是和解了。当他们走进铺有沙地，饰有提高当施正面楼的美观的花畦的庭院时，新闻记者就说：

“女人们要是爱了我们，她们就会宽恕我们的一切，甚至于我们的罪行；要是她们不爱我们的话，她们就一点儿也不会宽恕我们，甚至于我们的品德！您宽恕我吗？”他加上这一句，朝着拉包特莱伊夫人的耳朵上说，一边用一种充满温柔的姿势把夫人的手臂拉紧靠在自己的怀中。

迪娜忍不住微微的一笑。

晚餐和夜晚的剩余的时刻，陆士铎万分的快乐，万分的活泼，但是他虽然这样的表现他的疯狂，他却不时不时的幻想着他的梦境，好像一个被幸福所吸收的男子似的。喝过咖啡之后，拉包特莱伊夫人和她的母亲让男人们到花园去散步。葛拉维埃先生就对检察官说：

“您注意到拉包特莱伊夫人穿着棉布袍出去换了丝绒袍回来没有？”

“在戈斯纳上车的时候，袍子勾在车子的铜钮上，从上至下的整个刮破了，”陆士铎回答说。

“噢！”加田听到新闻记者的两个大大不相同的解释，心中极为刺痛，不禁吐出这么一口气。

算准加田有这个惊愕的陆士铎就拉过他的手臂，紧紧的握住，意思是叫他不要作声。一会儿之后，陆士铎让迪娜的三位崇拜者单独的留下，去找矮个子拉包特莱伊去。人家于是就问加田途中的情形。葛拉维埃先生和克拉疑先生听说迪娜只一个人和陆士铎从戈斯纳回来，不禁发起傻来，尤其是听到这位巴黎人对于改换袍子的两种不同的解释更使他们发怔。所以这三位狼狠的男子的态度在夜会里是很别扭的。第二天早晨，他们都有事情逼他们离开当施，只有迪娜、她的母亲、她的丈夫和陆士铎留在那里。三位桑西尔人的愤慨给城里酝酿了极大的喧嚣。柏利、涅维尔纳和莫尔凡的才女的堕落正正好配合了一段咒骂、诽谤、各种揣测所编成的杂响乐，其中最重要的揣测就是关于棉布袍的故事。迪娜的服装从来也没有过这样的成功，从来也没有这样引起过年青女人的注意；这些年青女人并不了解爱情和棉布袍的关系，这是结过婚的女人所窃笑的。因为儿子的失败而恼羞成怒的布瓦路慈院长夫人忘记了她给《塞维尔·巴桂达》所加的大胆的称颂；她怒斥这位能够发表这种无耻的诗章的女人。

“这不幸的女人做了她所写的一切的事情，”她说。“也许她最后也就成为这首诗的女主角了……”

迪娜之于桑西尔人的口中就好像苏尔特元帅之于反对派的报纸中一样：当他就任职战事部部长的时候，他就打了土鲁斯的败仗，当他退休的时候，他就打了胜仗。贞洁的时候，迪娜变成了莫宾·葛美儿，最著名的妇女的竞争者；但是幸福的时候，她却是一个不幸的女人。

克拉疑先生大胆的防卫迪娜，他好几次到当施别宫来找到否认关于他所崇拜的（甚至于她堕落了也要崇拜她）女人的谣言的权利，他坚持说在她和陆士铎之间只有合著一部大书的关系。人家都笑话检察官。

三五、拉包特莱伊先生觉得报了那维尔·米罗的仇了

十月是愉快的，秋天是罗瓦尔流域最美丽的季节；一八三六年的秋天更是特别的光焕。大自然好像是促进迪娜的幸福的同谋者；依据毕安仓的预言，迪娜心中渐渐的产生一种强烈的热爱。只在一个月之中，别宫女主人整个的改变了。她很奇怪能够重新找到许多一向是迟钝的、昏沉的、无用的机能。在她看来，陆士铎是个天使，因为心坎的热爱，这伟大灵魂的实在的需要使她整个的变成一个新的女郎。迪娜生活着！她找到她的力量的应用，

她发现她的前途的意想不到的希望，总之，她是幸福的，没有任何的忧虑，没有任何的障碍。这座伟大的别宫，这些菜圃，这所花园，这座树林，这一切的一切都是适合于爱情的！陆士铎在拉包特莱伊夫人身上遇到一种幼稚的表达，一种天真的流露，如果您要这样说的话，使她变成非常的古怪：在她身上有比较少女更为刺人，更为突兀的表情。陆士铎对于妩媚颇富有感觉。这种妩媚在大多数女人身上往往是一种喜剧，但是在迪娜身上却是真挚的：她从他那里学到什么是爱情，他的确是她心里所有的第一个人。总之，他很费些力量装做非常可爱的样子。男子们和妇女们一样，他们也有一大串的吟诵、俗曲、悲歌、乐音、复奏（虽然是爱情的问题，我们是不是应当说他们也有一大串的收账呢?），他们都相信这些是他们所特有的。到了陆士铎这样年纪的人就想方法把这宝藏的一段一片最巧妙的分配在一出感情的歌剧上；但是巴黎人只把他和迪娜的爱情看做是得到一笔大财的方法，他要在这颗心里把他的记忆刻上不可磨灭的痕迹，他大量的在这美丽的十月里发挥他的最为悦人的乐调，最为典雅的战歌。总之，他取尽了走上爱情舞台的源泉，来作舞台的行语所引申出来的一个表达，这使他能够巧妙的进行他的计策。

“如果这个女人忘记了我啊！……”有的时候，和她一块儿在林中远足散步回到别宫的当儿，他就这样的对自己说，“我不愿意她这样，她一定会觉得更好！……”

当这两个人互相交换尚在快慰的甜蜜的合奏时，人家可以说他们是真正的相爱。但是陆士铎没有时间重复，因为他算好十一月初旬就得离开当施，副刊编辑的工作召他回到巴黎去。预计动身的前夜，早饭之前，新闻记者和迪娜看见矮个子拉包特莱伊跟那维尔的一位艺术家——修理雕刻的工匠一同到来。

“什么事情呀?”陆士铎说，“你要给你的别宫做什么呀?”

“我要的是这个，”短小的老年人一边回答，一边带领新闻记者、他的妻子和外省的艺术家到土台上面来。

他指着正面楼进口大门上由两只人鱼支持的一个珍贵的花边，这花边很像是从前从杜伊勒利御花园通至罗佛尔宫内院的穹窿（现在堵住了）上面，可以读到‘御书房’几个字的那个花边。这花边就是乌克西尔的老徽章，黄红相间的横纹，左边红条，右边黄条，两旁有两只狮子支撑着；上面有骑士的盔兜，悬有和徽章同样颜色的布带，盖有公爵冠。格言是：我在此！这是忠实而响亮的语句。

“我要用我的徽章来代替乌克西尔家的徽章；因为在两只正面楼和两边的旁墙上一共有六个徽章，所以，这并不是一桩小事儿。”

“您昨天所有的徽章！”迪娜惊愕的嚷，“而且是一八三〇年之后所有的！……”

“我不是凑成了世袭的财产吗？”

“如果您有孩子的话，我可以懂得这个。”新闻记者对他说。

“噢！”短小的老头儿说，“拉包特莱伊夫人还年青哩，还来得及。”

这种傲慢的神气使陆士铎不禁嫣然一笑，他并不懂得拉包特莱伊先生。

“好罢，迪丁。”他朝着拉包特莱伊夫人的耳朵上说，“何必悔疚呢？”

迪娜争辩，希望能够多得一日的幸福，两位情人就用这种最后连演十场的红戏方式来彼此告别。然而他们之间有多少盟誓的交换啊！迪娜要求过多少的严肃的诺言，而无耻的新闻记者又是如何毫无困难的许诺啊！迪娜应用她那超等女人的超卓性，在全地区的耳目下，在母亲和短小的拉包特莱伊的陪伴下，领着陆士铎到戈斯纳去。十天之后，当拉包特莱伊夫人在她的拉包特莱伊客厅里看见有克拉疑、加田、葛拉维埃诸位先生的时候，她居然找到方法大胆的对每位先生说：

“是陆士铎先生让我知道清楚我不是为我自己而被爱的。”

于是，她就如何畅快的说到男子们，说到他们的感情的性质，说到他们的卑劣的爱情的目的啊！迪娜的三位情人中，只有克拉疑先生对她说：“我总还爱您！……”所以，迪娜就把他看做是知己，而运用了妇女们为着悬带一串受崇拜的奴隶的项链而全心归附的一切的友情。

第三部　双重的锁链

三六、细加查究之下的新闻记者

回返巴黎之后，几个星期内陆士铎就忘记了他在当施别宫消磨光阴的美丽的日子的原因是这样的。陆士铎是靠笔杆生活的。在这一世纪里，尤其是在预防不效仿佛兰苏一世或路易十四的中产阶级的胜利之后，靠笔杆生活是那些处境坎坷的人所不愿意干的勾当，他们宁可死。靠笔杆生活不是创造吗？今天创造，明天创造，永远创造……或是有创造的神气；原来形似的事物是和真实的事物同样值钱的。他在一家日报上所办的副刊就像是西锡夫抬石头的工作①，每星期都有一天滚到他的笔杆上面来。除了这个副刊之外，埃田还给其他的三四家文学杂志写文章。但是请您放心！他对他的作品并没有放上任何艺术家的诚实。这位桑西尔人的轻浮或不在乎的态度，如果您要这么说的话，使他归附于一群叫做言过其实的作者或职业著作家的文士。我们这时代，巴黎文

---

① Sisypbe 为哥林多国王之子，因为残暴，被罚去抬石头，然而这石头一抬到山上就滚了下来，于是，就不断抬，一直没有结果。

学界所谓的职业就是放弃追求某一个地位的一切企图的意思。当他不能够，或是不愿意做什么职务的时候，一个文士就当作者。于是，人家就度着一个舒适的生活。新进的作家们，女作家们，刚开始和已经结束事业的女伶们，著作家们，书商们都抚摸而爱惜这些万能的笔杆。变成‘生活者’[①] 的陆士铎只需要花费房租。他在一切的戏院里都有他的包厢。书籍的售卖（他有时报账，有时就不报账）让他还清手套商人的债务。所以，他常常对自己花费印书的著作家说：

“我手里总有你的书。”

他利用人家的自尊心而弄到许多的收入，不过只是人家给他的一些图画罢了。他每天忙于酬酢，每天晚上忙于到戏院去，每天早上忙于接见朋友，接见客人，闲游消遣。他的副刊，他的文章，每年给日报所写的两篇小说是在这种幸福的生活上所课的税。不过埃田也曾奋斗过十年，才能到达这个地步。总之，因为是文学界的知名之士，因为都是用一种无可责备的淳朴的举动去做一切好坏的事情而博得人众的喜悦，他就让自己走出常轨之外，毫不忧愁他的将来。他在一群新进的人物中统治着，他有许多的交游，这就是十五年来他有和人家一同吃宵夜、大宴会、放荡冶游的习惯。他每月的收入差不多有七八百佛郎，这数目因为穷人所特有的浪费而变成不够用的。所以，陆士铎就觉得自己和初到巴黎对自己说‘如果我每月有五百佛郎的收入的话，我就要变成富人了！’的时候是同样的穷困。

这种现象的原因是这样的。陆士铎住在殉道街的一所带有花园、家具齐整的地面楼里。一八三三年安居的时候，他曾和一位地毯商人订立一个合同，这合同好长时期吞没了他的财产，这寓

---

① 参阅《外省伟人在巴黎》。

所需要一千两百佛郎的房租。依据他的说法，正月、四月、七月和十月都是赤贫的月份。房租和门房的账单简直是抢掠。陆士铎也缺不了雇用一辆两轮轻马车，他也短不了花费一百佛郎去吃午饭；他吸了三十佛郎的雪茄烟，而不知道拒绝请他的偶然的情妇吃一顿饭或做一件袍子。他老是这样的预先动用了第二个月的没有把握的作品的收入，他甚至于每月赚了七八百佛郎还不能够比一八二二年每月好容易才赚二百佛郎更容易看见火炉台上有一百佛郎的钱。有的时候，疲倦于文学界漩涡的劳苦的生活，厌烦了妓女一般的欢乐，陆士铎就离开了他的潮流，有的时候他就坐在堤岸的斜坡上，在他的小花园的深处，一块食桌一般大小的常青的草地前，一边抽着雪茄烟，一边对他的知己拿坦、毕克西乌等说：

“我们要怎么了局呢？白头发很客气的催我们老了！……”

“嘿！如果我们要和注意一篇剧本和一本书一样的注意我们的婚姻的话，我们就可以结婚了。”拿坦说。

“那末，是佛罗林吗？”毕克西乌回答说。

“我们大家都有一位佛罗林。”埃田一边说，一边把他的雪茄烟头扔在草地上，想到仓慈夫人。

仓慈夫人是个相当漂亮的女郎，她能够非常昂贵的出卖她的美丽，同时却给她的心爱的情人陆士铎保留虚有权。因为一切围绕罗勒黛圣母院的轻佻漂亮的女人都叫做‘罗勒黛’，她就住在福礼赤儿街，离陆士铎的住宅只有两步之遥。这位‘罗勒黛’很高兴能够自尊的对她的女朋友们冒犯说她有一个才子情人。这些关于陆士铎的生活和他的经济状况的细节的叙述是必要的，因为这种穷乏，这种不能缺少巴黎的奢华的游荡歌人的生活对于迪娜的将来应当有极大的影响。

三七、真正的爱情却被窃笑了

认识巴黎游荡歌人的人一定会懂得十五年内一再沉溺于文学界里的新闻记者如果在朋辈之间，甚至于在仓慈夫人面前笑话他的男爵夫人。至于那些认为这种行径是脏污无耻的人们，我们也差不多用不着给他们说些不可接纳的宽恕的话。

“你在桑西尔干些什么呀？”当他们互相逢遇的时候，毕克西乌对陆士铎说。

“我帮了三位好外省人的忙，一位是收税官，一位是小表弟，一位是检察官，他们十年来都在这些第一百零一流的才女旁边打转，”他回答说，“这些才女装饰着地区，人家都不敢动她们，就像人家不敢动一盘饭后的糕点似的，一直等到一个有强力精神的人来了，才给他切上一刀……”

“坏孩子！”毕克西乌说，“我就说你是到桑西尔去养精蓄锐。”

“你的双关语真够讨厌，讨厌的程度就和我的才女的美丽的程度一般，亲爱的，”陆士铎答辩说，“请你问问毕安仓。”

“一位才女和一个诗人，”毕克西乌回答说，“你的冒险行为原来是以毒攻毒的治疗法。”

第十天，陆士铎收到一封盖有桑西尔邮戳的信。

“好！好！”陆士铎说，“‘亲爱的朋友，我的心和我的灵魂的偶像……’写了十页纸，每天写一张，而且都是标上半夜的时分！她在没有别人的时候才一个人给我写信……可怜的女人！啊！啊！还有‘再者’‘我不敢请求你跟我一样每天给我写信；但是我希望我的爱人儿能够每星期给我写两行，让我放心……’——把它烧掉多可惜啊！这是很费心写的，”陆士铎对自己说，他看了这十页信之后，就把他投在火里烧，“这妇人是天生来写抄本的①。”

陆士铎并不骇怕仓慈夫人，她是为爱他而爱他的；但是他却曾经在一位侯爵夫人心中替代了他的一位朋友。这位侯爵夫人相当的自由，有的时候，她就不告而到他的家里来，晚上，坐着马车，盖着面帕来，用女文士的资格，在他的抽屉里自行大加搜索。一星期之后，不大记得迪娜的陆士铎又收到桑西尔来的一个邮包，而觉得昏头昏脑：八张纸！十六页！他听见一位女人的脚步声，他相信是侯爵夫人的搜查，就把这甜蜜而精致的爱情的证据扔在火里！……连看都还没有看。

“一封女人的信!”仓慈夫人喊着进来，“纸和火漆，闻着都太香了……”

“先生，这个，”一位邮差一边在等待室里放下两只大篮子，一边说。“一切的费用都付过了。请您在我的簿子上签个字，好吗?”

“一切的费用都付过了!”仓慈夫人喊道，“这一定是从桑西尔来的。”

“是呀，太太，”邮差说。

“你的第十位才女是个聪明的女郎，”正当陆士铎签字的时候，这位‘罗勒黛’一边说，一边打开一个篮子；“我喜欢一个懂得管家，又会用墨水，又会用野味来做包子的才女。——噢！真美丽的花啊！……”她一边嚷着，一边打开第二个篮子。“可是，巴黎就没有比这更美的花！……什么！什么！一只野兔，一些小鹧鸪，一些小鹿！我们可以请教你的朋友，我们可以做一顿好饭，因为阿达丽有特别的本领烹调小鹿。”

陆士铎给迪娜回信；但是他并不是用心灵来回复，而是用智

① 写抄本即写稿之意，参阅《外省伟人在巴黎》。

慧来作答。这封信只有增加危险性，它很像是米拉保给苏菲写的信。真正爱人的情书，它的笔调是流畅的。这就好像是一片清泉，可以让人在许多生活的琐事，每天生长的醉人的灵魂的花朵所装饰的两岸之间看到泉水的深底，然而这却只能够由两个人看来是如此。所以，当一封情书能够使第三者一读生趣的时候，他就一定是脑子里想出来的，而不是出之于心灵。但是女人们总会上它的当：她们相信自己是这智慧的唯一的来源。

三八、总是不成功的婚姻

十二月杪的时分，陆士铎不再念读迪娜的情书了；这些情书是，放在他的衣柜里，被这些信所熏香的他的衬衣的下面。陆士铎遇到游荡歌人必得全力擒获的一个偶然的机会。这一月中旬，对于陆士铎感觉兴趣的仓慈夫人请他一天早晨到她家里去谈论一桩事情。

“亲爱的，你能够结婚了，”她对他说。

“常常能够结婚，亲爱的，幸亏！”

“我说你能够结婚，这就是结个好姻缘的意思。你没有什么偏见，人家用不着多费唇舌；事情是这样的。一位年青的女郎做了错事，而她的母亲却不知道她所接受的第一个蜜吻。她的父亲是个有名望的法律公证人，他很聪明，一点儿也不张声。他要在十五天内嫁他的女儿，他给十五万佛郎的嫁资，因为他还有其他三个孩子；但是……——他也不傻！——他另外加上一笔十万佛郎，直接亲手交出来，来补偿这错过。这是巴黎郎巴尔区的中产阶级的一个老家庭……”

“那末，这情郎为什么就不要她呢？”

“因为他死了。”

“这简直是一篇小说！只有郎巴尔街才会发生这一类的事情……”

“你不是要相信是一个妒忌的兄弟杀死了这个诱惑良家妇女的人吗？……这位年青人是因为患了肋膜炎而惨死的，他从戏院里出来得到这个病。他是一文莫名的首席书记，他因为要得到这个法律公证人的事务所才去诱惑这个女人的。结果就得到上天的报应了。”

“你从哪儿知道这些事情呢？”

“玛拉加告诉我的：法律公证人就是他的主人。”

“什么！这就是这位衣衫楚楚的短小的老头儿，他的儿子就是佛罗兰丁的第一个情人的这个葛尔杜吗？……”

“正正是，玛拉加的情人是个十八岁的小个子音乐家，她不能够让他这个年龄真正的结婚；她也没有任何的理由要他这样。何况葛尔杜要一个三十岁的男子呢。依我看来，这位法律公证人有了一个名人当女婿，一定要非常的高兴。所以，请你自己想一想，我的好先生！你可以还清你的债务，你可以变成富有一万两千佛郎年利的富翁，你也可以毫无困难的当个父亲：你有这样多的好处！总之，你可以娶上一位可以安慰的寡妇。除了年收之外，你还可以有五万佛郎的房税：所以你总有一天至少有其他的一万五千佛郎的进款，你就可以隶属于一个占有优美的政治地位的家庭。葛尔杜是老卡莫苏议员的小舅子，卡莫苏和保布利·方妮早就有交情。”

“是的，”陆士铎说，“老卡莫苏娶了已故的小个子葛尔杜伯伯的长女，他们一块儿干轻佻的勾当。”

“好罢，”仓慈夫人接着说，“公证人的太太葛尔杜夫人是个赤佛维尔家的小姐，这一家是制造化学品的工业家，现在是，是什么呀！是碳酸钾大王！这是不好的方面：你要有一个可怕的岳母……噢！一个可以杀死亲生女的妇人，如果她知道她的女儿是在那一种状态……这位葛尔杜夫人是个女信徒，她的两张嘴唇就像是褪色的玫瑰花的彩结一样……像你这样的‘生活者’，她绝不会接纳你，因为她曾在一个善良的意向下侦察过你的单身汉的生活，她知道你的一切的过去；但是葛尔杜说，他能够施展他的父亲的权威。这位可怕的男子对他的太太，一位木头一般的女人，可以表现出相当温和的态度；见过面的玛拉加管她叫做‘忏悔的刷子’。葛尔兰是四十岁的人，他可以当区长，说不定还要当议员哩。他愿意用圣拉萨尔街的一所小房子来代替他的十万佛郎，这所房子是他只用六万佛郎从七月革命时的破产人家手里买来的；他要装做把这房子卖给你，让你找到机会到他家里去看看他的女儿，拍拍这个母亲……这就可以让葛尔杜夫人觉得你是有前途的人。总之，你可以像王子一般的住在这所小公馆里。你可以经过卡莫苏的介绍拜命哪一部衙门的图书馆馆长，虽然那里并没有书。好罢，如果你把钱投资在报纸的保证金上，你就可以得到一万佛郎的利息，你可以从中得到六千，你的图书馆会从中拿出四千给……你得好自为之！你可以娶个没有疤玷的羔羊，两年之后她可以变成一个轻佻的女人……结果怎么样呢？先期取去的红利。这是时髦！如果你要相信我的话，你明天就得到玛拉加家里来吃饭。你可以在那里见到你的岳父，玛拉加要故意做下一个疏忽的举动，你千万不要对这疏忽生气，然后你就可以统制他。至于你的妻子……呃！……但是她的错过让你可以离婚……”

“啊！你所说的话并不比一颗炮弹更为虚伪。”

“我是为爱你而爱你的，没有别的，我用理性推理。好罢，你为什么就像蜡制的阿布德尔卡尔德[①]一样的愣在那儿？这没有什么值得考虑的。结婚，这是钱币的正反面的打赌。那末，你是掷了

① Abd－el－Karder 系阿拉伯的国君，曾与法国人战争十五年。

个反面吗？”

“明天你可以得到我的答复。”陆士铎说。

“我更希望马上就有你的回话，玛拉加今天晚上要给你预备条件。”

“那末，好罢……”

晚上陆士铎给侯爵夫人写了一封长信，告诉她他所以不得不结婚的理由：他的常定的穷困，他的幻想的消灭，他那满头的白发，他的身心两方面的疲惫，总之，是四页的理由。

“至于迪娜呢，我可以给她寄一封信去通知她，”他对自己说。“就像毕克西乌所说的，在断绝情丝的本领方面，我是没有伦比的……”

三九、一颗宝珠

最初对自己装腔作态的陆士铎第二天却只怕这婚姻出了岔子。所以，他就在法律公证人面前特别显得精神焕发。

“我在佛罗兰丁家里，”他对他说，“认识过令尊，我应当在杜尔格小姐家里认识您。虎种出不了狗儿。小个子葛尔杜伯伯是个非常好的孩子和哲学家，对不起，我们都是这样的称呼他。那时候，佛罗林、佛罗兰丁、杜莉椰、高萝丽、小马利就好像是一只手的五个指头似的……这在现在算起，已经是十五年了。您懂得我已经不会再干发疯的勾当了……那时候，我只贪于欢乐，现在我却有野心。但是我们这一时代要想发迹就得不欠债，有钱，有妻子，有儿女。如果我付了地方税的话，如果我是我的报纸的业主而不是他的副刊编辑的话，我就可以和别人一样变成议员了。”

葛尔杜律师细嚼着这忠诚的宣言。陆士铎整个的武装起来，他取悦法律公证人；很容易了解的，这位公证人对于这位熟识他的父亲的私生活的秘密的人所取的态度是比他对别人所取的态度更为放任。第二天，陆士铎就用买圣拉萨尔街的房子的资格被人介绍到葛尔杜家里来，三天之后他也就在这里吃饭了。

葛尔杜住在查特利广场附近的一间老旧的房子里。他家里的一切都是富饶的。经济的计算让人家在那里把最微小的镀金的器具都安放在绿色丝织品的下面。家具都盖上一层遮护物。如果人家并不忧虑这一家的财产的话，人家一定会在那里从最初半小时起就有打呵欠的欲望。一切的家具上都有厌烦的痕迹。布幕悲惨的挂着。饭厅就像是哈尔巴岗①的餐室。陆士铎事先并不认识玛拉加，只看一眼这家庭的布置，他就猜透法律公证人的生活是在另外一个舞台上。新闻记者看见一位金栗发、蓝眼睛、既懦怯又衰弱的大女儿。他逢迎长兄，事务所的第四个书记，文学的光荣吸收这位长兄堕入他的陷阱里，这位长兄应当是葛尔杜的承继人。妹妹年纪十二岁。装着耶稣会徒的狭小的神气，陆士铎用教徒的、贵族的作风跟这位母亲周旋，他是谨慎的、温和的、庄重的、多礼的。

见面之后的二十天，第四次宴会的时候，用眼角来研究陆士铎的葛尔杜·飞莉茜就走去给他在窗口上端去一杯咖啡，满眼流泪的低声对他说：

“先生，我得用我的整个生命来感谢您对一位可怜的少女的忠诚……”

陆士铎受了感动，因为在她的眼睛里，她的声调里，她的态度都包含有意义。

“她一定可以使一位老实人得到幸福。”他一边心里想，一边紧握着她的手，就算是他的回答。

---

① 莫利哀名剧《吝啬人》的主角。

葛尔杜夫人认为她的女婿是个大有前途的男子；但是在她所想象的许多性格中，最使她高兴的就是他的道德。在狡猾的法律公证人的煽动之下，埃田就说他并没有任何的私生子，任何可以妨害亲爱的飞莉茜的前途的关系。

“您也许会觉得我有点过火，”女信徒对新闻记者说。“但是，当人家把飞莉茜这样的一颗宝珠送给一位男子的时候，人家应当注意他的前途。我并不是高兴把女儿随便送走的母亲。葛尔杜先生走得太远，他急着要出嫁他的女儿，他希望这婚姻立刻结好。我们只在这一点上意见有点不同……先生，您是一个文学家，您会用工作去防止现时代的不道德的熏染，如果人家可以相信像您这样一个人，但是，如果我闭着眼睛把我的女儿嫁出去的话，您一定会笑话我。我清楚知道您并不是一个纯洁的人，我会因此而为我的飞莉茜发怒的（这是对着他的耳朵说的）；可是，如果您有这些关系的话……瞧，先生，您听见人家说过罗甘夫人，她是一位法律公证人的妻子，不幸得很，她在我们这一行里是这么样出名的。自从一八二〇年之后，罗甘夫人就和一位银行家私通……”

“是的，迪业。”埃田回答说。想到这样疏忽的承认自己认识迪业，他又懊悔失言。

“那末，先生，如果您是个母亲的话，想到您的女儿能够有迪业夫人的遭遇，您难道不会发抖吗？生在格兰维尔，这么小的年龄就有一位不只五十岁的女人的情敌！……我宁可瞧着我的女儿死去，不愿意把她嫁给一位和有夫之妇私通的男人……一位娇艳的女工，一位女戏子，她们可以随便结婚，随便离婚！依我的意见，这些女人并不是危险的，爱情只是她们的一个生活状态，她们并不属于任何人，丢了一个，可以找回两个！……但是一位没有尽责的女人却应当将错就错，只有后来的忠贞才可以被人原宥，如果这一类的罪过可以原宥的话！这至少是我所了解的一位正经女人的错过，这也就是使她变成这样可怕的原因……”

埃田并不追问这些话语的意义，他却和他的未来岳父一同到玛拉加家里去把这些话当做笑话来述说，因为法律公证人和新闻记者相处得极为圆满。

四十、原来如此！

陆士铎已经在他的知友面前摆出要人的神气了。他的生活终于要含有一种意义；偶然的机会使他走到这地步，没有多少日子之后，他就会变成圣拉萨尔街美丽小公馆的业主；他要结婚了，他娶了一位美丽动人的女人，他可以有差不多两万佛郎的年收，他能够实现他的野心；他是年青的女郎所爱慕的，他是属于许多可敬的家庭的一群。总之，他是在‘希望之湖’的绿波上扬帆航行。葛尔杜要阅读那时代法兰西书商所印行的一种插图《本吉尔布拉斯》，陆士铎也就在前一天把第一批的发行给葛尔杜夫人送来。原来公证人夫人有她的计划，她只是为着还书而借书，因而可以拿到一个借口突然跑到未来佳婿的家里去。瞧了这单身汉的家中的情况（她的丈夫给她描写这家里，认为是漂亮的），她说，她就可以比人家告诉她更清楚的知道陆士铎的生活习惯。她的大姑子卡莫苏夫人并不知道这不幸的秘密，她很惊异她的外甥女结了这个姻缘。卡莫苏先生是王家法院的顾问，他是他的父亲的元配妻子的儿子，他就对他的继母葛尔杜律师的姐姐卡莫苏夫人说了许多不利于新闻记者的话。像陆士铎这样聪明的人，他觉得一位有钱的法律公证人的妻子没有购买之前要看看一本价值十五佛朗的书，这并没有什么奇怪的。聪明人从来不肯低头来研究中产阶级，因而让中产阶级有特权来躲开他的注意；当他取笑他们的时候，他们却有时间来绞杀他。一八三七年正月初旬，葛尔杜夫人和她的女儿就坐了车到殉道街去给飞莉茜的未婚夫送《还吉尔布拉斯》，两个人都很高兴来看看陆士铎的寓所。这种搜家式的串门在老中产阶级的家庭中是常有的事。陆士铎的门房并不在那儿；但是当门房的女儿听见高贵的中产阶级妇女告诉她说她是跟陆士铎先生的未来岳母和未婚妻说话的时候，她就给她们取出寓所的钥匙，因为葛尔杜夫人给她手里放上一块金子。差不多是正午了，这是新闻记者回来享用英国式早点咖啡的时刻。穿过罗勒黛圣母院和殉道街之间的地点时，陆士铎偶然看见一辆马车驶上孟马尔太镇街，他相信自己有一个错觉看见迪娜的脸孔！当他看见他的迪丁的的确确在门上出现的时候，他不禁两脚呆呆的站住，冰冷了半截。

“你来这儿干什么呢?”他喊道。

对一位将要把她送走的女人说话，“您”是说不出口的。

“呃！我的爱，”她喊道，“你难道没有读过我的信吗？……”

“读过，”陆士铎回答说。

“那末，”

“那末，”

“你是人家的父亲了!”外省的女人回答说。

“嗯!”他喊道，没有留心这个叹息的野蛮性，“总之，”他心里想，“得替她预备来迎接这惨剧。”

他给车夫做个记号，叫他停止，给拉包特莱伊夫人伸过手，让车夫和满载行李的车子留在外边，自己心里想应当立刻把这女人和行李送回原来的地方去。

“先生来了！先生来了!”小姑娘巴美拉喊道。

孩子是智慧的，她知道三个女人不应该在单身汉的寓所里相逢。

“好！好!”新闻记者一边说，一边领着迪娜进来。

巴美拉相信这位不相识的女郎是主人的亲戚，但是她总加上说：

“钥匙在门上，您的岳母在那里！”

神经错乱的时候，听见拉包特莱伊夫人说了一大堆的话，埃田就以为是听见说：我的母亲在那里，他觉得这是唯一可能的情形，也就走进去了。那时候正在卧室里的岳母和未婚妻看见埃田跟一位女郎一起进来，就躲在一个角落里。

“总之，我的埃田，我的天使，我连命儿都是属于你的！”迪娜喊道，一边跳上抱住他的脖子，陆士铎正好把钥匙拿到里头这一边来，“在当施别宫里，我的生活是个长期的临终苦痛，我不能够再住在那里，当我应当宣告使我幸福的事情的那一天，好，我却一直感觉不出有这种勇气。我给你带了你的妻子和你的儿子！噢！不给我写信！两个月让我没有消息！……”

“可是，迪娜，你让我太为难了……”

“你爱我吗？……”

“我怎么会不爱你呢？……但是住在桑西尔不是更好吗？……我在这里非常的穷苦，我怕让你也尝这苦味……”

“你的穷苦却正是我的天堂。我要住在这里，永远也不出去……”

“好家伙，这说得很好听，但是……”

迪娜坐了下来，听见这句这样粗鲁的话，她不禁泪如雨下。陆士铎不能够抵抗这个爆发，他把男爵夫人紧紧的抱在怀里，吻着他。

“别哭啦，迪丁！”他喊道。

正说这句话的时候，副刊编辑在镜子里看见葛尔杜夫人的影子，夫人正在房角里瞧着他。

“您的穷苦却正是我的天堂。”迪娜说。

“算了罢，迪丁，请你自己跟巴美拉一块儿去看人家打开你的行李，”他朝着她的耳朵说，“去罢，别哭，我们要变成幸福的。”

他一直送她走到门口，再回来到公证人夫人这样来防止风波。

“先生，”葛尔杜夫人对他说，“我很荣幸能够自己亲眼来看看一位应当可以当我女婿的人的家中情况。让我的飞莉茜死去好了，她不能够嫁给像您这样的男子。您应当使您的迪丁幸福，先生。”

女信徒于是就带着飞莉茜出去，飞莉茜也哭泣，因为她已经习惯于陆士铎。愤怒的葛尔杜夫人重新登上她的车，用一种侮慢的眼光呆呆的钉着可怜的迪娜，迪娜还在心里感觉这说得很好听这句话的刺激；但是，正如一切迷于爱情的女人一样，她却相信别哭啦，迪丁！没有缺乏激动生活的偶发所产生的坚毅的陆士铎就对自己说：

“迪丁有大方的态度；一旦预先知道了我的婚姻，她一定会为我的前途而牺牲自己，我懂得任何利用它来告诉她这桩事儿。”

四一、毕克西乌先生将要扮演老糊涂虫

他找到了一个在他看来大有成功把握的妙计，他就非常的快乐，开始依照《Larifla fla fla》这流行曲跳起舞来。

“然后，只要把迪丁打发走，”他接着对自己说，“我就可以去瞧葛尔杜姆姆，给他讲一篇小说：我可以引诱她的飞莉茜到圣欧斯达慈[①]去……犯了爱情罪的飞莉茜一定会在怀里带着我们的幸福的保证……Larifla fla fla！……老头儿没有法子否认，fla fla……女儿也没有法子拒绝……Larifla！所以，法律公证人，他的妻子，

① Saint－Eustache 巴黎一教堂之名，法国人每年都在此庆祝乐神圣塞西尔。

他的女儿，他们都没有法子摆脱，Larifla fla fla！……”

迪娜大为惊愕，她很奇怪埃田跳这种违禁的舞。

“你来和我们的幸福都使我快乐得发疯。”他对她说，这样对她解释他的疯狂。

“还有我，我这位不再相信被人爱慕的女人！”可怜的女人打开她所携带的提包，投身靠椅上，快乐得哭将起来，这样的喊道。

“你就搬进来罢，我的天使，”埃田一边说，一边偷偷的笑，“我有两句话要写，告诉人家我不去参加单身汉的约会，因为我是整个属于你的。你打发人家搬好啦，你就是住在你自己的家里。”

埃田给毕克西乌写信：

> 亲爱的，我的男爵夫人来到我的怀里，如果我们不扮演角技戏院一千零一幕中最为狡猾的一幕戏的话，她就要让我结不了婚。所以，我希望你装着莫利哀的老头儿来，对于你的外甥黎安德尔怒斥他的愚笨（我要把我的第十个才女藏在我的卧室里），问题就是要用感情来克服她；你应当强力的打击，你得坏一点儿，请你伤刺她。至于我呢，你懂得，我得表示盲目的忠诚，我要装哑了，让你有权利大声叫唤。来罢，如果你要的话，请你七点钟来。
>
> 你的知己
>
> 陆士铎·埃田

叫一个专差把这封信送给喜欢舞弄艺术家所谓的“开心”的笑虐的巴黎人之后，陆士铎就显得忙于把他的桑西尔才女安置在家里的神气；他忙着搬运她带来的行李；他用这样诚恳的态度，这样溢于言表的快乐告诉她这家里的人物，居然使迪娜相信自己是世界上最被热爱的女郎。这寓所的一切事物都刻有时式的烙印，使她觉得比当施别宫更为畅快多多。新闻记者询问米庄·巴美拉这位聪明伶俐的女孩子到底她愿意不愿意当尊贵的男爵夫人的侍女。快乐的巴美拉就立刻履行职务，到大马路上一间饭馆去要了晚饭来。迪娜懂得在这位单身汉的外表华丽的家景下所隐藏的是如何的空无所有，因为她看见这里缺乏一切生活上所必要的器具。她一边占据了柜子和衣橱，一边在思索最甘美的计划，她要改变陆士铎的风俗习惯，她要把他变成一位喜欢家居的人，她要给他补充家中的舒服设备。新的地位给迪娜隐蔽了她的不幸，她在互相热爱中看到自己的错过的赦免，她还没有把眼睛瞧到这寓所的外边。巴美拉和“罗勒黛”有同样的聪明，她就一直到仓慈夫人家里去，问她借银器，告诉她陆士铎的遭遇。把一切的东西都拿出交给巴美拉去应用之后，仓慈夫人就跑到她的女朋友玛拉加家里去，叫她通知葛尔杜他的未来佳婿所遇到的不幸。新闻记者并不忧愁影响他的婚事的事变，他渐渐对外省女人显出殷勤的态度。宴会使这两位终于得到自由幸福的情人做出许多甜蜜的幼稚的举动。吃完咖啡，当陆士铎坐在火前把迪娜抱在膝上的时候，巴美拉却惊惶失措的出现。

“毕克西乌先生来啦！得对他怎么说呀？”她问。

“请你到卧室里边去，”新闻记者对他的情妇说，“我一会儿就可以叫他走；这是我最亲密的一位朋友，我得对他承认我的新的生活方式。”

“噢！噢！两副食器和一顶蓝色天鹅绒的大帽！”共谋人喊道，“我走啦……原来这就是结婚，结了婚就不要朋友了。就像搬了家就是发了财，不是吗，哼？”

“我结了婚？”陆士铎说。

“怎么！你现在不再结婚了？”毕克西乌喊道。

“不！”

“不？啊，这个！你怎么回事呀？你偶尔做了傻事吗？什么！你得了天赐，找到了两万佛郎的年金，一所公馆，一位高级中产阶级的第一流家庭的小姐，总之，一位郎巴尔街的女人……”

“够了，够了，毕克西乌。一切都完了，你走罢！”

“我走！我有表示友谊的权利，我滥用了友谊。你有什么事呀？”

“我这里来了这位桑西尔的贵妇，她有了孩子了，我们要住在一块儿，来快乐的享受我们的天年……你明天就可以知道，因为你今天可以听见这桩事。”

“好像阿尔拿尔所说的一样，许多火炉管落在我的头上！可是，如果这位女人真的为爱你而爱你的话，亲爱的，她就应当回到她的本地去。一位外省的女人能够在巴黎安稳的行走吗？她会使你在你的自尊心方面感受苦痛。你忘记了一位外省女人是什么吗？她的幸福也是和她的不幸同样麻烦的，她是用巴黎女人拿来发明温雅的同样的天才去避免温雅的。你听，陆士铎！我看清楚，感情让你忘记了我们是生活在什么时代里；但是，我，我是你的朋友，我的眼睛并没有被蒙蔽……好罢，请你研究研究你的地位！你在文艺界里鬼混了十五年，你已经不年青了，你用靴统走路，因为你走过路！……是的，好好先生，你所做的就像是巴黎的顽童似的，为着遮掩他们的袜洞起见，这些顽童就把袜子卷了起来，而你也把你的腿肚一直垂到脚跟。总之，你的笑虐稍为有点老气。你的词藻是比秘密药品还要闻名的……”

“就像摄政王对杜布瓦主教所说的一样，我要对你说：踢得够了！”陆士铎低声的叫。

“噢！老年青人，”毕克西乌回答说，“你感觉你的伤痕上有解剖器。你已经疲惫了，不是吗？好，在青春的热火里，在穷困的压迫下，你赚了什么呢？你并没有站在第一排，你也没有一千佛郎。这就是你的地位。在你的力量衰弱的时候，如果你的妻子是个老实人，没有一位‘罗勒黛’的财源，可以让她从人家所保守的深底里拿出一张一千佛郎的钞票的话，你能够用你的笔杆来维持你的家庭吗？你陷入了社会舞台的第三层底……这只是照经济这一方面来说。咱们再瞧一瞧政治方面罢。我们是在中产阶级的时代里浮游着，在这时代里，光荣，德性，礼仪，才能，知识，天才，总之一句话，就在于能够付清账单，不欠债，小事情办得利落。让您端正，请您合礼，请您娶亲生孩子，请您还清房租和其他的捐税，请您武装起来，请您效法您社会中的一切的枪手，那末，您就可以对一切的人吹嘘，您就可以当部长，您就会有好机会，因为您不是一位孟莫莲西！您可以完成一个政治家所有的一切的条件，您可以因为要做官而做下一切过分的污脏，甚至于装做穷苦，您也会弄得非常的自然。可是，为着什么永远的爱情而给一位女人强拉在那儿，三年，五年而至于七年之内，当你消耗尽你最后的智力和体力之后，你就离开了高贵的家庭，郎巴尔街，一切的政治前途，三万佛郎的年收，你的地位！……这难道是一位已经没有幻想的男人的末路吗？你可以和一位可以使你幸福的女伶来往，这就是所谓的‘小室’的问题，而你还可以和一位跟你结婚的女人生活在一起！……这就是不幸！这就是吞没一切恶习的苦痛，而没有这些恶习的快乐……”

“够了，我跟你说，一句话说完了：我爱拉包特莱伊夫人，我宁可要她，不要世界上一切的财产和地位……我能够让我自己去扩张我的野心……但是一切都因为做父亲的幸福而放弃了。”

“噢！你做了父亲？可是，这未免太不幸了，我们只能够是我们的合法妻子的儿女的父亲！戴不上我们的家姓的孩子，这算是什么名堂呀？这是一篇小说的最后的一章！人家会从你手里夺去他，你的孩子！十年来我们在二十出杂戏里都会看过关于这个问题的戏……亲爱的，社会迟早都要压迫您。请你再念一念《阿窦尔夫》[1]！噢！我的天哪！我看见您，当您可以闻名天下的时候，我却看见您，可怜的守卫，没有地位，没有财产，好像合资公司的股东受经理的欺骗互相龌龊一般的打架！您的经理吗，这就是幸福。”

“不要再多说一句话，毕克西乌。”

“可是，我好容易才开了口。听我的，亲爱的。近年来人家曾经大大的进攻过婚姻；可是，除了他是唯一得到承继的方法以外，因为他可以让一文莫名的穷单身汉两个月内变成富翁，他还有他的一切不方便！所以，没有一个孩子不迟早懊悔做错事，没有跟一位可以使他得到三万佛郎年收的女郎结婚……”

“那末，你就不愿意了解我了！”陆士铎激怒的喊叫，“请你走……她就在那儿……”

“对不起！为什么你不早一点儿告诉我呢？你是个成年人，……她也是，”他用比较低微的声音说，然而这声音却够得让迪娜听见，“她一定会使你好好的追悔她的幸福……”

“如果这是疯狂的话，我倒愿意疯狂……再见！”

“真是一个沉入海底的人！”毕克西乌叫了起来。

“但愿魔鬼带走了这些自以为有权利谴责您的朋友们，”陆士铎一边说，一边打开卧室的门，他看见拉包特莱伊夫人埋在靠椅上，用一条绣花的手绢塞住她的眼睛。

“我到这里来干什么呢？……”她说。“噢！天哪！为什么呢？……埃田，我不是您所相信的那样乡下气的女人……您拿我开玩笑。”

“亲爱的天使，”陆士铎回答说，他把迪娜抱在怀里，从靠椅

---

① *Aaolphe* 系孔斯坦（Constant）所著的小说，描写人类的矛盾心理。

上把她扶起，把她半死的带到客厅里来，“我们大家都互相交换我们的前途，一报还一报。当我桑西尔讲爱情的时候，人家却在这里给我定下婚事；但是我反抗，……去罢，我太不幸了。”

“噢！我走！”迪娜一边说，一边好像疯子一般的站了起来，向门前走了两步。

“你会留下，我的迪丁，一切都完了。去！这份财产是这么便宜来的吗？我不应当娶一位红血色鼻子的金栗发美女，法律公证人的女儿，而带上一位比毕埃德福夫人还要敬虔的岳母吗！……”

巴美拉气喘的跑进客厅里来，朝着耳朵对陆士铎说：

“仓慈夫人来啦！……”

陆士铎站了起来，让迪娜坐在沙发上，自己出去了。

“一切都完了，我的小狗儿，”这位“罗勒黛”对他说，“葛尔杜不愿意因为一个女婿和他的妻子龌龊。女信徒演了一幕戏……一幕严肃的戏！总之，现任的首席书记，就是两年来当了第二个首席书记的年青人接受了女儿和事务所。”

“这个贱骨头！”陆士铎喊道。“怎么！两个钟头之内这事情就能够这样的决定吗？……”

“好家伙，这才简单呢。这坏蛋知道清楚死去的第一个首席书记的秘密，他从他的主人和葛尔杜夫人的拌嘴里听到一两句话，就猜到主人的地位。法律公证人希望依赖你的名声，你的精细，因为一切都是很合适的。这位书记的行为是超等的——他装样子到教堂去做弥撒！他是个堕落的伪君子！什么！——他叫公证人夫人快乐。葛尔杜和你，你们还可以继续当朋友。他就要当一家大公司的经理，他能够帮你的忙。啊！你的美梦醒了！”

“我丢了一份财产，一位妻子，和……”

“一位情妇，”仓慈夫人微笑着说，“你不只是结了婚，你一定会变成厌烦的，你一定要回到你家里去，你不至于衣衫脱线，无人缝补，你也不至于行为有头无尾；并且，我的阿瑟做了许多的事情，我得忠实于他，我得跟玛拉加断绝关系。让我从门洞里来看她！……”这位“罗勒黛”说。“沙漠里没有更美丽的野兽！你已经被人家抢走了！这是恰当的，这是无情的，这是令人悲痛的，她缺乏杜德利贵妇①的面帕。”

说毕，这位“罗勒黛”就跑走了。

“还有什么事呀？……”拉包特莱伊夫人问，她的耳朵里震荡着丝袍子的摩擦和女人的唏嘘的声音。

“还有的，我的天使，”陆士铎喊道，“就是我们的难于分解的结合……人家来给我带口信来回复你看见我写的那封请求解除婚约的信……”

“你就是跟这个女人脱离关系吗？”

“是的。”

“噢！我不但要当你的妻子，我还要把我的生活献给你，我是你的奴才！……”被人玩弄的可怜的女人说。“我不相信我还能够比这更爱你！……我不会是你生命中的一个偶然的事发，我会变成你的整个的生命！”

“是的，我的美人儿，我的高贵的迪丁……”

“请你给我发誓，”她接着说，“给我发誓说只有死才能够使我们分离！……”

陆士铎想要用最动人的阿谀来粉饰他的誓词。原因是这样的。

四二、另外一个蜜月

从接受那位“罗勒黛”的告别吻的地方（他的寓所的房门），

---

① 参阅《幽谷百合》。

到才女受到连续打击而晕倒在内的客厅的门上之间，陆士铎记起了矮个子拉包特莱伊的危险的态度，他的财产和毕安仓所谓的一句关于迪娜的话："她会变成富有的寡妇!"于是，他就对自己说：

"说到娶老婆，我爱拉包特莱伊夫人要在我爱飞莉茜一百倍之上!"

所以他就立刻下了决心。他决定用令人敬爱的全善去重新扮演他的爱情剧。他的无耻的计算和他的冒充的热情产生了许多奇怪的结果。事实上，当他从桑西尔回到巴黎的途中，拉包特莱伊夫人就想过要在离陆士铎家里两步路的地方住在自己的寓所里；但是情郎所给她表示的爱情证明却叫她放弃了这美丽的将来的计划，特别因为这不合法的婚姻的初期的幸福是这样的完美，使她不能够提到分居。第二天应当有一个可以让他的天使这种提议产生动摇的庆祝会，这庆祝会也的确举行了。在他一方面，要使迪娜依赖他的陆士铎就利用酒席的援助把她陷在不断的沉醉里。这些事情防止这两位聪明人免除堕入泥浆，即狂谬的同居生活；不幸在巴黎的文艺界里，这种生活的例子太多了。

所以，在外省由拉包特莱伊夫人给陆士铎这样可笑的指示出来的爱情步调就这样的到达了它的最高峰，虽然他们两个人都忘记了这步伐。情感生来就是聋哑的。

因此，这巴黎的冬天在拉包特莱伊夫人看来就好像是桑西尔的十月。为着使他的妻子适应巴黎生活起见，埃田就在这蜜月里带她去看戏，迪娜只愿意坐在这些戏院的池座包厢里。起初的时候，拉包特莱伊夫人还留有一些外省的贞洁痕迹，她怕被人看见，她隐藏她的幸福。她说："克拉疑先生和葛拉维埃先生说不定要追着我来哩!"她在巴黎骇怕桑西尔人。极端自尊的陆士铎就设法教导迪娜，他领她到最出风头的女界家里去，给她指示那时代最时髦的女人，叫她学习她们的式样。所以，拉包特莱伊夫人的外省的外观也就立刻改变了。陆士铎遇见朋友们时，他们都称赞他的收获。这期间，陆士铎生产很少的文艺作品，他负了许多债务，虽然骄傲的迪娜用了她所有的一切钱财购买自己的装饰品，没有花耗她的情人任何一个钱。三个月之后，迪娜习惯了，她沉醉于意大利戏院的音乐，她认得当时的一切戏院、演员、报纸和笑虐；她习惯了这种不断激动情感的生活，这种随时忘记一切的急速的潮流。她不再伸长脖子，她不再向空中仰出鼻孔，正如人家为巴黎对外来人所生的不断的惊愕而雕塑的惊讶像似的。她懂得从这有精神、有生气的富丽场中呼吸空气，聪明人可以在这场中闻出极其微小的元素的味道，而不会再离开他。一天清早，当她阅读陆士铎收到的一切报章时，她看见了两行可以使她想到桑西尔、回忆她的过去、引起她的注意的新闻：

“桑西尔地方法院检察官克拉疑先生拜命为巴黎王家法院高等检察官之检事。”

“他真是爱你呀，这个有德性的法官！”新闻记者微笑着说。

“可怜的男子！”她回答说，“我对你说过什么呀？他追着我来啦。”

这时候，埃田和迪娜是处在感情最焕发最完全的段落里，这是完全互相习惯，爱情还留有甘味的时期。人家互相认识，然而人家却并不互相了解，人家没有重新熨烫同一的灵魂折痕，人家不是像后来一样的为着知道思想，言论，对于最大或最小的事发的态度而互相研究。人家兴高采烈，没有什么冲突，什么意见的不同，什么漠不相关的视线。灵魂都是向同一的方向行走。所以，迪娜就对陆士铎说了充满表情，充满比一切的女人都还要富于魔术性的视线的富有魔术性的言词。

“你有一天不再爱我的时候，就请你杀死我好啦。——如果你不再爱我的话，我相信我能够杀死你，然后再自杀。”

听了这些放大其词的话语，陆士铎就回答迪娜说：

“我所要请求于上帝的，就是要你看出我的坚贞。只有你可以抛弃我！……”

“我的爱情是绝对的……”

“绝对的，”陆士铎重复着说。“咱们瞧！我被人家引到一个单身汉的团体里去，我去重新找到我的一位老情妇，她给我开玩笑；为着虚荣起见，我当了一个自由人，我第二天才回到家里来……你还是永远继续爱我吗？”

“当一个女人被选的时候，她才能够证实是被爱的，如果你又回到我这边来，如果……噢！你让我懂得宽恕一个我所崇拜的人的错过是如何的幸福……”

“那末，我就是平生第一次被爱了！”陆士铎喊道。

“到底，到底你看到这一点了！”她回答说。

陆士铎提议写一封信，大家都在信里解释为什么最后非自杀不可的理由；有了这一封信在手里，大家都可以没有危险的杀戮不忠实的对方。无论他们如何的山盟海誓，他们都没有写出这封信。暂时的幸福，新闻记者自许可以在厌腻迪娜的时候欺骗她，可以在这欺骗的要求下牺牲一切。在他看来，拉包特莱伊夫人只是一个财产。然而，他却受了抑制。这样的结了婚，拉包特莱伊夫人就让他看见她的思想的高尚和自重的力量。在大家都放下假面具的绝对的亲切中，年青女人还保留有她的贞洁，而显出男子汉的诚实和野心家的品格基础所特有的力量。所以，陆士铎对她也就怀有一种不能不有的敬重。变成巴黎女郎之后，迪娜就比最动人的“罗勒黛”还要高超：她能够变成有趣味，能够说玛拉加所说的话；但是她的教育，她的精神的习惯，她的阅读的丰富也使她能够发展她的精神；然而那些仓慈夫人们，那些佛罗林们却只能够在有限的园地里发挥她们的精神。

“迪娜有宁侬和施泰埃尔的才能。”埃田对毕克西乌说。

“人家可以在她身上找到一座图书馆和一座妓楼，这种女人是很危险的，”笑谑专家回答说。

四三、玫瑰初谢

大腹便便的时候，拉包特莱伊夫人决定不要离开她的寓所；但是在闭居家园，只在野外散步之前，她却愿意去参观拿坦的一本悲剧的初次公演。这种文艺界的典礼使两千人忙着在巴黎街中奔跑。迪娜从来没有看见过初次公演，她自然有了好奇心。她对陆士铎的爱情居然到达了这个程度，她甚至于都以她的错过为荣；她鼓起一种野蛮的力量，要去冲破世界，她要面对面的正视他，而不转头。她打扮得非常的悦目去配合她那苦痛的神气、她的脸孔的病态的娇艳。苍白的脸色使她产生一种特别的表情，包头带底下黑发使这苍白更为明显。她那发亮的灰色眼似乎因为疲惫而更显得周围发青。但是一个可怕的苦痛却正在等待着她。刚好遇着一个常有的凑巧，人家送给新闻记者的第一排包厢正好就在葛落色德特·安娜租用的包厢旁边。这两位知心的朋友并不互相致敬，而且都不愿意互相认识。第一幕完了之后，陆士铎离开了他的包厢，让迪娜一个人留在那里，暴露在一切的视线的热火之前，一切的小型千里镜的瞟视之下，然而和安娜一同进来的方登男爵夫人跟王地尼斯·玛利公爵夫人却接见上流社会的几个最出色的男子。迪娜一个人留在包厢里，这实在是个大刑罚，使她都不知道也用小型千里镜来视察各包厢；她伪装镇静，取了高贵而沉思的态势，举眼望空，觉得自己是一切的目光的标的；她不能够隐蔽的忧虑，她还有点外省气，她展开了她的手绢，她痉挛的做下许多自己所禁止的举动。最后，在第二幕和第三幕之间的休息时刻，一个男人开了迪娜的包厢的门！克拉疑先生恭敬而悲愁的出现了。

“我很高兴能够看见您，给您表示您的高升给我产生的快乐。”她说。

“呃！太太，我是为谁来到巴黎呢？……”

“怎么！”她说，“难道我是您所以拜命的什么原因吗？”

“整个的原因。自从您不再住在桑西尔之后，桑西尔就变成我所不能忍受的，我会死在那里……”

“您的诚实的友情给我不少的好处，”她一边说，一边给检事伸出她的手。“我爱惜我的真朋友；现在，我知道什么是他们的价值了……我还以为已经失去了您对我的评价；但是您来看我这证据要比您十年的归心还使我感动。”

“您是全厅的好奇的对象，”检事接着说。“啊！亲爱的，这难道是您所应有的作派吗？您难道不可以同时幸福同时被人尊敬吗？我刚听见说您是陆士铎·埃田先生的情妇，你们就和夫妇一样的同居在一起！……您和社会永远断绝了关系，甚至于您可以嫁给您的情人的时候，您也一定要有今天您所蔑视的社会上的地位……您不是应当住在您家里，和相当爱您的母亲在一起，让她用神盾来守卫您吗？至少面子可以保得住……”

“我在这里，这是我的错，”她回答说，“别的也没有什么，我已经告别了社会赐给知道调和幸福和风俗的女人的一切好处，这而且是绝不回顾的告别。我的献身是这样完全的，我甚至于要打翻我身边的一切事物，使我的爱情变成一块充满着上帝，他和我的沙漠……我们大家都彼此牺牲太多的东西，我们不能够不结合在一起；如果您愿意的话，您可以说这是由耻辱来结合的，但是这种结合却是不可分解的……我是幸福的，我太幸福了，我甚至于能够自由的爱您，当朋友来爱您，给您比过去更多的信任，因为我现在需要一个朋友！……”

法官真是伟大而高超。听了这段震荡迪娜的灵魂的宣言，他就用破裂的声音回答说：

“我要找您去，看看您到底是不是被爱……我就会安了心，您的前途也就不会使我骇怕了……您的朋友知道您的牺牲的伟大吗？他的爱情是不是带有感恩的成分呢？”

“请您到殉道街来，您就会明白了！”

“是的，我要到那里去，”他说。“我已经走过您的门前，然而却不敢问您。您还不认识文学，”他接着说。“当然啦，文学里有许多光荣的例外；但是这些文人却带有许多闻所未闻的罪恶，其中第一项就是可以萎谢一切的名声。一位女人会做一桩错事，和……”

“和一位检察官私通。”男爵夫人微笑着说。

“哎，和他断绝关系之后，还有一些儿办法，社会一点儿也不知道；但是和一个多少有点名声的人，群众就会知道一切。呃！您瞧，您眼底所看见的到底是那一种例子。您背后就是王地尼斯·玛利公爵夫人，她几乎和一个比较陆士铎还要出名的人物，拿坦，做了一些疯狂的事情，可是现在他们都分离了，谁也不认识谁……走到地狱旁边之后，公爵夫人不知道怎么样的遇了救，她没有离开她的丈夫，也没有离开她的家；但是因为这是一个名人的故事，人家也就整个冬天的谈论她。人家说，如果不是她丈夫的财产、名声和地位，如果不是这位政治家对她的超卓的行为，她就要堕落了：要是别的女人处在她的地位上，她总不会像她这样的还受到人家的恭敬……”

“您离开桑西尔的时候，桑西尔是什么情形呢？”拉包特莱伊夫人说，她要这样的改变谈论的题材。

“拉包特莱伊先生说您太晚怀孕，这叫您不得不到巴黎去生产，他又说他愿意您到巴黎去接受最好的医生的看护，”检事回答说，他猜中迪娜所要知道的事情。“所以，无论您的出走如何的骚动，一直到今天晚上为止，您还是合法的。”

“啊！”她喊道，“拉包特莱伊先生还存有一些希望吗？”

“太太，您的丈夫总是那么办：他计算。”

法官看见新闻记者回到包厢里来，他就走了，一边给新闻记者庄严的致敬。

“你比这本戏还要成功。”埃田对迪娜说。

这段时间的胜利给这女人带来比她在外省的整个生活所得到的还要多的快乐；但是，走出戏院的时候，她却是沉思的。

“你怎么啦，我的迪丁？”陆士铎问。

“我问我自己：一个女人怎么能够克制社会呢？”

“这有两个方式：当一位施泰埃尔夫人，或是占有二十万佛郎的年收！”

“社会用虚荣，用出风头的欲望来擒获我们……”她说。“哈！我们都要变成哲学家啦！”

四四、文学界的生产力

这个夜会是拉包特莱伊夫人到巴黎之后所有的虚假舒适生活的最后的回光返照。三天之后，她看见陆士铎额上愁云密布，他在小花园里绕着草地踱来踱去，嘴里衔着雪茄烟。这位女人曾经研究矮个子拉包特莱伊的习惯和毫不负责的快乐，她懂得家里在接受命令的前夜必须预备付两期的房租，然而却没有钱！这种巴黎生活的现实就好像是一条刺一般的插进了迪娜的心坎；她懊悔把陆士铎牵引到因为爱情而浪费的地步。从欢乐再到工作上面来未免太不容易，不幸所喷发的诗意的光辉还不够让幸福来吞没。

这样快乐的看见埃田无忧无虑的抽着一枝饭后烟，面目疲惫，懒洋洋的横卧在太阳光下，好像是一条蜥蜴一般，迪娜从来没有觉到有勇气去当一家杂志社的门监。她就想法子由巴美拉的父亲米庄先生的介绍把她所有的珠宝拿去抵押，而我的玲玲（她也开始说拉丁区的语言了）也就借给她九百佛郎。她留了三百佛郎预备她的襁褓和她的生产费用，非常高兴的付还了陆士铎的欠款。陆士铎正在一行一行的为一家杂志写一篇小说。

“我的小咪咪，”她对他说，“你就写完你的小说罢，别为家里的需要牺牲了，你就润色润色你的作风，推敲推敲你的题材。我当贵妇都当得腻了，我要当中产阶级的妇女，我要管理管理家事。”

四个月以来，陆士铎常常带迪娜到豪华咖啡馆去，在一间人家给他保留的雅座里吃饭。外省女人听说埃田之为最后两星期短了五百佛郎的饭费，不觉大为惊骇。

“怎么！我们喝一瓶酒花六佛郎！一条诺曼地的鞋底鱼花一百苏！……一块小面包值得二十参丁！……”她看了新闻记者给她递去的账单，不禁喊了起来。

“但是，让菜馆主人或厨子打抢去，这在我们其他的人看来都是一样的。”陆士铎说。

“从此之后，用你吃饭的价钱来生活，你就可以过着一位王子的生活了。”

从房东弄到一间厨房和两间下房之后，拉包特莱伊夫人就给她的母亲写两个字，问她要一些布织品和一千佛郎的借款；她收到两箱的布料、银器和两千佛郎，是她的母亲派了一位老实敬虔的女厨给她送来的。公演场中旧雨重逢之后第十天，四点钟出了法院的时候，克拉疑先生就来询问拉包特莱伊夫人，他看见她在刺绣一顶小帽子。看了这位这样骄傲，这样富有雄心，这样受过教养，这样在当施别宫统治一切的女人却落到管理家务，给未来的孩子做活计的地步，刚从重罪审判厅出来的可怜的法官不禁大受感动了。看到了他所接吻的手指里有一只因为做女红而被刺，他就懂得拉包特莱伊夫人只为母爱的冲动才做这工作。在这第一次的会谈里，法官就读出了迪娜的灵魂。一位迷于爱情的男人所有的这种聪明的眼光是一种超人类的力量。他猜出迪丁要当新闻记者的天神，把他引上高贵的道路；她认为物质生活的困难是道德败坏的结果。这两个人物是由一个真正的爱情和一个伪饰的爱情结合在一起的；四个月中，他们之间不只交换过一次的机密。无论埃田如何谨慎的假装，迪娜却听到不少的话，让她知道这位单身汉的过去生活；他的才能这样的被穷困压成扁平，这样的被坏榜样染上腐败，这样的受到超出勇气的困难的逆忤。她会对自己说："如果他有舒适的生活，他就会变成伟人了。"她愿意用节俭和外省人所熟识的家规来给他幸福，使他在家里得到安全。迪娜变成一个家庭的管家，就像她曾经变成才女似的，因为她有一道冲向高岭的灵魂的生气。

"他的幸福可以使我得到赦免。"

法官从拉包特莱伊夫人嘴里托出的这句话可以解释眼前的实在状况。参观第一次公演那一天，埃田给她的胜利所加上的风头已经相当让法官知道明白新闻记者的用意了。依据英国人的一句话说，在埃田看来，拉包特莱伊夫人是他帽上的一根相当好看的羽毛。他并不是在尝味一个神秘而儒怯的爱情的旨趣，他并不是在给全世界隐蔽一个伟大的幸福，而是在享受一位占有一个因为爱情而崇拜他的正经女人的暴发户的快乐。

不过，相当的时期内，因为陆士铎给拉包特莱伊夫人所施的爱护，因为陆士铎用天真的男人所特有的阿谀去美化他对夫人的照应，检事也未免当了傻瓜。事实上，有的男人是生来就像猴子的，他们可以非常自然的模仿最动人的感情的表达，甚至于正在扮演这把戏的演员连自己都没有感觉到，而桑西尔人的天性也已经习惯于一向他所生活的舞台的风尚。

四月到七月之间，迪娜应当分娩的时候，她猜到为什么陆士铎不能够克服他的穷苦；他太懒，同时又缺乏意志。当然，脑筋只服从他自己的定律，他不认识生活的必要和光荣的规则；人家不能够因为一位女人死了，或是因为还付不名誉的欠债，或是因为要养育儿女而产生作品；但是，没有伟大的意志就没有伟大天才的存在。这两种并生的力量是建筑光荣大厦的必需品。精力强健的男子可以在生产的条件里保持他的脑筋，正如从前的勇士随时都准备他的武器似的。他们克制他们的惰性，他们拒绝损伤神经的欢乐，只能够在机能的范围所有的程度上投身于欢娱。这可以解释斯克利布、罗西尼、斯各脱、居维尔、福尔泰、牛敦、步风、拜黎、包胥埃、莱布尼慈、维迦·罗布、伽尔德郎、保加赤、阿勒丁、阿里多德，总之一切转向、管理、领导时代的人。意志能够也应当是一种比才能还要值得骄傲的东西。如果才能在教养的天性中有它的萌芽的话，意志却是随时对本能、被克制的嗜好、被征服的幻想和障碍、被勇敢制伏的一切的苦难所加的讨伐。

吸烟的恶习保持陆士铎的惰性。如果烟叶麻醉苦痛的话，他也的确削弱了他的气力。雪茄烟在身体方面所熄灭的，批评却在这样容易寻求欢乐的男子的道德方面销毁了。批评是批评家的致命伤，正像反复无常的辩论是律师的致命伤一样。干了这勾当，精神就自相冒犯，理智就失去明亮的灼见。著作家只是为成见而存在。所以我们得分别两种批评，正如在绘画里我们也认识有艺术的绘画和工匠的绘画一般。现在大部分副刊编辑的批评就是用某种相当聪明的方式去抑制某些判断，正如一位律师在法院里辩护许多最矛盾的理由似的。著作家总在他所分析的工作里找到引证发挥的论点。所以，这种工作正适合于懒惰的精神，没有高超的幻想机能的人，或是有这机能而不敢培养的人。整篇的剧本；整部的书在他们的笔下都变成了没有花费他们任何幻想的题材，只依照一时的好恶随意的写下他们的述评，有时出之于调笑的口吻，有时出之于严肃的说法。至于判断，无论那一种的说法，都可以用法兰西的精神给他辩解，法兰西的精神是便着赞成和反对的。谁也不大反问良心，这些刺客很少保持他们的见解，他们在戏院台房里吹嘘称颂的著作，他们却可以在批评里给它撕得粉粉碎碎。人家看见他们必要的时候就从这家报馆走到那家报馆，毫无愧色的辩论说新的副刊的意见必得和旧的副刊的意见相反。不但如此，拉包特莱伊夫人也会因为看见陆士铎对同一的事情写了一篇正统派①的评论，又写了一篇在朝派②的评论，而微笑了。她称颂他所说的这句格言："我们是舆论的法律代言人！……"另一种批评则是一种完整的科学，他请求我们完全了解作品，对于时代的潮流有个明晰的眼光，组织一个系统，如果有某种原则的话；这就是说需要一个判例，一个报告，一个断案。于是，这种批评就变成了思想的法官，时代的审定，他执行一种司铎的职务；然而另外一种却是为着求得生活而要把戏的走绳人，因为他有腿。在维昂·克罗特和陆士铎之间存在有分隔工匠和艺术家的距离。

精神突然脱锈，理智有了着落的迪娜不久就判明了她的偶像。她看见陆士铎在最不光明，最懈怠的要求下（画家管一幅没有笔法的作品叫做懈怠的作品）一直工作到最后的时刻；但是她却自己给自己解释说："这是个诗人啊！"因为她得给自己所目睹的加

---

① 主张拥护布尔崩长房王室的政治派别。

② 布尔崩长房王室于一八三〇年让位给奥里黎的幼房，所谓在朝派即指这一派而言。

以解释。猜测这些文人的生活的秘密的时候，她也就猜透了陆士铎的笔墨绝不是钱财的源泉。爱情就使她去实行许多她绝不会为自己而降格的工作。她开始经由她的母亲和她的丈夫谈判，希望能够得到一笔生活费，不过这也是瞒着陆士铎暗地里谈判罢了，因为她以为陆士铎的面子必须加以保持。七月末之前的几天，迪娜气愤的揉皱了她的母亲报告她矮个子拉包特莱伊的确切的回答的信：

拉包特莱伊夫人没有拿生活费居住在巴黎的需要，因为她可以在她的当施别宫找到世界上最美丽的生活：就请她到这里来罢！

陆士铎抢起了这封信，念着它。

“我要替你报仇。”他用挑拨女人的仇恨而使女人欢心的凶恶的声调对拉包特莱伊夫人说。

四五、一通报告生子的喜帖

五天之后，毕安仓和著名的产科医生杜里乌就搬到陆士铎家里来；自从得到矮个子拉包特莱伊的回答之后，陆士铎就开展着他的幸福，而为迪娜的生产排场。克拉疑先生和急促赶来的毕埃德福夫人是待生的婴儿的教父和教母，因为有先见之明的法官只怕看见陆士铎做下什么严重的错事。拉包特莱伊夫人生了一个可以使希望生太子的王后羡慕的男儿。在克拉疑先生的陪伴之下，毕安仓瞒着陆士铎到市政府去登记这位孩子，认为他是拉包特莱伊先生夫妇的儿子。在他一方面，陆士铎却跑到印刷所去请人家给他印了这样一通喜帖：

拉包特莱伊男爵夫人幸得一男。
陆士铎·埃田先生乐于为君报喜。
母子二人均极安健。

克拉疑先生来探视产妇。当他看见写在六十个将要接收喜帖的巴黎人的名单下陆士铎想要给他们寄送这张奇怪的喜帖的桑西尔人的名单，第一批六十份的喜帖已经由陆士铎送出去了。法官拿走了名单时和剩余的喜帖，他先把他们拿给毕埃德福夫人看，对她说除非陆士铎重新开始这种无耻的笑谑之外不必伤心。他就走进了一辆两轮轻马车。忠实的法官在同一的印刷所里订印了这样内容的另外一种喜帖：

拉包特莱伊男爵夫人幸得一男。
拉包特莱伊男爵先生颇以为君报喜为荣。
母子二人均极安健。

叫人家毁了校稿，拆了排版，灭了一切能够证明有第一种喜帖的存在的事物之后，克拉疑先生就跑去设法截回已经送出的喜帖；他在各门房里换上了许多，他差不多换上了三十份；最后，三天的奔跑之后，只有拿坦手里得到这唯一的一张喜帖。法官到这位名人家里来过五趟，可是都没有能够遇到他。当克拉疑先生请求一个约会而被延见的时候，喜帖的故事已经在巴黎传播了。有的人认为这是一种聪明的诽谤，一种破坏一切的名誉，甚至于蜉蝣的名誉的谣言。有的人则证明确曾看见过这喜帖，而把他送还拉包特莱伊家的一位朋友。很多的人痛骂新闻记者的无行，好像最后一张存在的喜帖就会变成一种怪事似的。和拿坦同居的佛罗林就指给人家看邮局的邮戳和埃田所写的地址。所以，当检事谈到喜帖的时候，拿坦就开始微笑了。

“还给您这愚笨幼稚的纪念碑吗？”他喊道。“这亲笔字是一个马戏场中的武士不能没有的武器。这喜帖证明陆士铎缺乏心田，缺乏趣味，缺乏尊严，证明他既不认识社会，也不认识公德，证明他不知道侮辱谁的时候却正是侮辱了自己……只有从桑西尔来当诗人，自称是第一种出来的杂志的勇士的中产阶级的儿子才能够寄送这一种喜帖！请您同意这个：先生，这是我们这一时代的必要的文献……今天，陆士铎逢迎我；明天他就可以要我的头……啊！请您宽恕这个戏谑，我并没有想您是个检事。我心里对一位伟大的贵妇有热爱之情，这位贵妇之在拉包特莱伊夫人之上就像您的细微，您，先生，是在陆士铎的恶作剧之上似的；但是我死也不会说出她的名字……几个月的温存和娇媚花去了我十万佛郎和我的前途；但是我并不觉得代价大！……我也从来没有埋怨过！……女人们出卖了她们的感情，这是她们给爱情的最后的贡献；但是无论我们怎么样……我们得为这个而学陆士铎！不，就是一千厄古我不会给您这张纸据。”

“先生，”半小时的舌战之后，法官就这样的说，“关于这个问题我会见过十五六位文学家，只有您一个人不能够接近这光荣的感觉！……这并不是陆士铎·埃田的问题，这是关于一位女人和一位婴儿的问题，他们都不知道人家给他们的幸运、他们的前途、他们的名誉所做的错处。先生，谁知道您将来是不是会被迫而为一位朋友，一位您要比自己的名誉还要关心的人物而请求法律的宽恩呢？法律会记得您曾经毫不留情的……像您这样一个人，您能够迟疑吗？”法官说。

“我是要您觉得我的牺牲的代价。”拿坦就回答说，他想到法官的地位，就接受这个买卖，把喜帖交了出来。

新闻记者的傻事补救了之后，克拉疑先生就回来，在毕埃德福夫人面前谴责他；但是他发现陆士铎非常愤怒他所做的这些事。

“先生，”埃田回答说，“我所做的事情是有意的。拉包特莱伊先生有六万佛郎的年金，然而他却拒绝不给他的妻子生活费；我要让他觉得我是这个孩子的主人。”

“呃！先生，您让我猜着了，”法官回答说，“所以我才忙于接受当小波里多尔的教父，我们已经用男爵和拉包特莱伊夫人的儿子的名义给他登记在户籍簿上，如果您有父亲的恩情的话，您应当高兴知道这孩子是一个法兰西最大的世袭财产的承继人。”

“呃！先生，母亲难道得饿死吗?”

“请您放心，先生，”法官苦痛的说，他已经使陆士铎从心里表达出他所久已等待的情感的证明，“我负责跟拉包特莱伊先生交涉这桩事。”

克拉疑先生于是就心如死灰的出去。他的偶像迪娜却原来只是让人看到利益而被爱！她不是太晚才会睁开眼睛吗?

“可怜的女人!”法官一边说，一边走开了。

我们应当同意他这判断，因为如果不是同意法官的判断的话，我们应当同意谁的判断呢?他太诚恳的爱慕迪娜，他不能够在这女人的微贱地位中看出终有一天胜利的工具，他是整个的同情，整个的忠诚；他爱恋。

四六、拉包特莱伊先生显得比化装卸货者的妻子高明

养育婴儿所需要的谨慎，婴儿的啼哭，产妇最初几天所必要的休息，毕埃德福夫人的在场，这一切的一切都妨害了文学的工作，陆士铎也只好搬到第二层楼特别为年老女信徒而租用的三间房子来居住了。陆士铎只好一个人单独参观初次公演；大部分的

时间他都离开迪娜。他在他的目的自由行动里觉得有一种我也说不出来的情趣。不只一次了，他都让人家夹在臂下，带到娱乐场去。不只一次了，他又重新出现在一个游荡歌人的朋友的“罗勒黛”家里。他又看到年青鲜艳、穿得一身华丽的女人们；在这些女人看来，节俭似乎是她们的青春和权力的对头。无论自第三个月的喂奶期之后迪娜显得如何惊人的美丽，她都不能够和这么快萎谢，然而在奢华的生活里又这么美丽的花朵比较。不过，家庭的生活在埃田方面却有极大的情趣。三个月中，在桑西尔的女厨和小姑娘巴美拉的帮忙下，母女两人已经给寓所产生了一种新鲜的观相。新闻记者在那里发现他的午餐和晚饭都是山珍海错。美丽而装束齐整的迪娜特别小心的迎合她的亲爱的埃田的口味。埃田觉得自己是家中的君王；这在家里，一切的东西，甚至于婴儿，都是隶属于他的自私主义的旗帜下，我们可以这么说。迪娜的温存甚至于都发扬在最微末的事情里，所以，陆士铎也不能够不继续他的虚做情感的惑人的欺骗。不过，从陆士铎的外面生活上迪娜也预先见到她的爱情和她的家庭的崩毁的原因。六个月的喂养之后，她就给她的儿子断了奶，把她的母亲安置在埃田的寓所里，恢复了亲密的关系，如果一位女人在爱恋，又很聪明，这种亲密的关系就会不可分解的把一位男人和她结合在一起。孔斯坦・边查民的小说的最精彩的笔调，关于埃丽诺尔的被弃的一个解释，就是这种日夜的亲密在她和阿窦尔夫之间所生的缺点。每一个情人都有他自己的住宅，大家都服从社会，大家都保全面子。阿窦尔夫周期的离开埃丽诺尔，埃丽诺尔不得不做出许多温柔的工作去驱逐在外面摄获阿窦尔夫的自由的思想。共同生活中的眼色的交换，思想的交流可以给女人一种完美的武器，结果，要是一个男子要摈弃她们的话，他就得辩难她因为爱恋而从来没有说出的重大的理由。

这在埃田和迪娜都是一个新时代。迪娜希望变成必要的；她要使这个男子恢复生气，因为他的虚弱对她微笑，她从这里看到保证：她给他找出许多题材，替他布置轮廓；必要的时候，她还替他写上几章；她用新鲜的血液使这枯竭的才能的血管返老还童；她给他贡献意见和批评。他终于写了两本成功的书。陆士铎颇以缺乏思想为苦，她好几次救了他的自尊心，给他口授她的思想，让他写下，替他修改或是完成他的副刊。这合作的秘密是不可侵犯的保守着：毕埃德福夫人一点儿也不知道。这种鼓励的补偿就是收入的增加，使家庭一直顺利的生活到一八三八年年底。陆士铎习惯去看迪娜的努力，他用猴钱[①]去回报她，正如民众激烈的语言所说的一样。这些忠诚的消耗变成了仁慈心肠所关怀的宝库，拉包特莱伊夫人越是拿出她的忠诚，她也就越爱陆士铎：所以不久他就使迪娜过于消耗，甚至于让她永远也不能够放弃他。然而她又怀了第二次胎。年头是不容易过去的。无论两位女人如何的谨慎，陆士铎总短了许多的债。他过分的用力，要在迪娜分娩的时候用工作来付清，迪娜觉得这是英勇的，因为她认识他太清楚了！这一次的努力之后，他很骇怕自己家里有两个女人，两个孩子，两个佣人，他觉得当他自己一个人都很难生活的时候，他实在不能够用笔杆来维持一个家庭。所以，他就只好顺着自然的冒险了。这位凶恶的计算家在家里大量的演唱爱情的喜剧，因而能够在外面得到更大的自由。骄傲的迪娜一个人负担生活的重担。“他爱我！”这句话给她产生了超人的力量。她和这时代最能干的才子一样的工作着。冒着损伤美丽和健康的危险，迪娜为陆士铎所做的就像迪德罗的伟大的事实小说中所述的德拉楚夫人为加尔

① 猴钱即摹制的金钱，亦即假钱的意思，法国土语所谓的“猴钱”就是不用钱而用嬉皮笑脸去回报的意思。

丹而工作一般。但是，在牺牲她自己之中，她做了一个极大的错事，就是也牺牲了自己的打扮。她叫人家染了又染她的袍子，她只穿黑色的衣服。正如喜欢打趣陆士铎的玛拉加所说的：“她使黑布发臭。”

一八三九年年底，一如路易十五似的，埃田也不知不觉的违背良心，在自己的钱包和家庭的钱包之间划了一个分别，正像路易十五分别他的秘密财库和国库一般。他瞒着迪娜他的收入数目。看到了这些懈怠的举动，拉包特莱伊夫人就感到一种凶猛的妒忌的苦痛。她要同时注意社会的生活和文学的生活，她陪着新闻记者去参加一切的初次公演，她奇怪在他身上有一种受打击的自尊心的动作，因为黑色的服装使他失色，使他发出愁闷的姿态，有的时候甚至于使他变成粗暴的。在家里扮演女人的角色，他就有许多残暴的强求：他骂迪娜的服装缺少新鲜的颜色，虽然他正在利用一位情妇所付的这样代价的牺牲；就像一位命令您走过一道阴沟去救她的面子的女人！当您走出阴沟的时候，却对您说：“我讨厌泥土！”

聪明的女郎对没有意志的人都要施展统治，迪娜也就不得不采集一个还是相当动摇的关于这种统治的指南。但是在这动作里，她却损失了许多道德的功勋。她让人家看见的忧愁就引起了许多女人对她的争吵；大家开始不敬重她，因为她们自己是从她们曾经占据过的高处降落下来的。然后，她就让步了。因此，陆士铎也就能够接待他的许多朋友，拿坦，毕克西乌，布郎德菲诺了。这些朋友的谈吐、举止、接触都是伤风败俗的。人家尝试来游说拉包特莱伊夫人，说是她的原则、她的逆意都是外省的贞洁的遗毒。总之，人家给她传授妇女的超卓性的宪章。不久她的妒忌也就产生了抵抗她的武器。一八四〇年狂欢节的时候，她化装着，到国立音乐厅去跳舞，去参加让她碰到许多“罗勒黛”的宵夜，因而能够在一切的娱乐的场合中去跟随埃田。

小封斋节那一天，说得更对一点，应当是这节日的第二天，早晨八点钟的时候，化装的迪娜从跳舞会回来，预备睡觉。她是去侦探陆士铎的。埃田以为她病了，就把小封斋节的时候保留给保布利·方妮。一位朋友预先通知他，新闻记者就故意的想法子来欺骗可怜的女人，这女人也只希望被骗。走下马车的时候，迪娜碰着拉包特莱伊先生。门房给他指示着迪娜。短小的老头儿一边挽住她的手臂，一边冷冷的对她说：

“是您吗，太太?”

这夫妇威权的出显使她觉得自己非常的渺小，特别是这一句话几乎使这一位化装卸货者的受惊的可怜的女人寒心。为着避免埃田的注意起见，迪娜取了一种不会让他发现的化装。她就利用这化装的情况跑走了，没有回答，她就走去改变，登上母亲的卧房，而拉包特莱伊先生却已经在那里等待她。无论她是如何严肃的神气，她不免在短小的老头儿面前红了脸。

“您要我怎么啦，先生?”她说。“我们不是永远分离吗?”

“事实上，对的，”拉包特莱伊先生回答说，“但是法律上却不然……”

毕埃德福夫人给她的女儿做了几个暗号，迪娜终于见到这些暗号，而懂得了。

“只有您的利益才可以带您到这里来。”她苦楚的说。

“我们的利益，”矮个子冷冷的回答，“因为我们有了孩子……您的舅舅毕埃德福·西拉斯死在纽约，在各国赚了又丢了许多财产之后，他却在纽约留下七八十万佛郎，人家还说是一百万佛郎哩；但是问题是得变卖他的货物……我是家长，我施行您的权利。”

“噢!”迪娜喊道，“关于这些事情，我只相信克拉疑先生；他知道法律，请您跟他商量去；他所做的不会不好的。”

“我不需要克拉疑先生来向您索回我的孩子。”

“您的孩子！”迪娜喊道，“您没有送过一个子儿的您的孩子！您的孩子！……”

她只加上一阵的狂笑；但是矮个子拉包特莱伊的不可侵犯的神气却给这爆发浇上冷水。

“令堂大人已经让我看见这两个孩子，他们真美丽，我不愿意离开他们，我带他们到我们的当施别宫来，”拉包特莱伊先生说，“这只是要避免他们去看他们的化装的母亲，就化装得像……”

“得啦，得啦！”拉包特莱伊夫人严肃的说。“您来这里，到底您最初想要我怎么啦？”

“要一张收取西拉斯舅舅的承继的委托状……”

迪娜拿起一支笔，给克拉疑先生写了两个字，又对她的丈夫说请他晚上来。五点钟的时候，副高等检察官（因为克拉疑先生高升了）就给拉包特莱伊夫人解释她的地位；但是他却负责跟矮个子拉包特莱伊讨论一个和解的办法，只有吝啬才可以把这个人带到这里来。为着自由行动起见，拉包特莱伊先生必得有他的妻子的委托状，他就用下面的条件来收买他：他得先给妻子一笔一万佛郎的生活费，因为据条文说，得有这么多才可以生活在巴黎；但是，等到孩子到了十岁的时候，就得把他们交给拉包特莱伊先生。最后，法官还争到预付一年的生活费。来给妻子和婴儿洒脱的说声“再见”的矮个子拉包特莱伊穿着一件白橡皮的小外衣。他的腿站得这样的坚固，这样的肖似一八三六年的拉包特莱伊，迪娜不禁感得悲哀，因为她永远也不能够埋葬这可怕的侏儒。

四七、爱恋的女人受到困苦了

新闻记者在花园抽雪茄，他从这里看见拉包特莱伊先生穿过庭院；这在陆士铎方面已经够了：他觉得这个矮个子想要破坏他的死所要给他的妻子留下的一切遗产，这是很明显的。这快速的一幕改变了许多新闻记者的秘密意向。抽着第二枝雪茄的时候，埃田开始思考他的地位；和拉包特莱伊男爵夫人同居的生活到现在为止使他花费的金钱是和她所花费的一样的多。用一句商业场中的话来说，刚刚好是出入相抵消。看到自己财产的轻薄，好容易他才能够赚他的钱，陆士铎就在精神上认为自己是债权人。这确是他离开这位女人的最适当的时刻。三年来他会疲惫的扮演过从来没有成为习惯的喜剧，他长期的隐蔽他的烦厌。这位惯于不矫饰的孩子就在家里强制人家对他发出一道微笑，正如债务人对债权人所发的一样。这种强制一天一天的越来越可怕。一直到此为止，对于前途的庞大的希望使他生出力量；但是，当矮个子拉包特莱伊就跟坐汽车到卢昂去一般轻捷的到美国去，他就相信没有什么前途了。他从花园走回迪娜刚听丈夫的告别的漂亮的客厅里来。

“埃田，”拉包特莱伊夫人说，“你知道我的主人刚对我提议什么吗？如果在他出门的时候我高兴住在当施的话，他已经下了命令，他希望我母亲的劝告会让我决定带孩子们回到那里去……”

“这意思真不错，”陆士铎干脆的回答，他相当认识迪娜，他知道她所要的，她用眼色所恳求的是动情的回答。

这声音，这腔调，这漠不在意的眼色，这一切的一切都非常残酷的打击只为爱情活着的女人，使她不由得从眼睛里沿着两颊流下两滴粗大的泪珠，她没有回答。陆士铎只在看见她拿出手绢拭着这两颗苦痛的宝珠时知道她流泪。

“你怎么啦，迪丁?”他接着说，心坎受到睿敏的感性的袭击。

“当我兴高采烈，以为已经得到我们的永远的自由的时候，”她说，“——用我的财产做代价去获得这自由！——卖了——一个母亲最宝贵的东西——她的孩子们！……因为到了十岁他就要来把他们领回——并且，要看他们就得回桑西尔去！……简直是个刑罚！——啊！我的天哪！我做了什么事呀?”

陆士铎跪在迪娜的脚前，他吻着她的手，对她施展最迷人的阿谀。

“你不懂得我，”他说。“我批评我自己，我不值得你的一切牺牲，亲爱的天使。从文学的观点来说，我只是次等的人才。等到我不能够在报屁股上显耀的一天，报纸的业主就要把我跟一只破拖鞋一样的扔在墙角里。请你想到这个，我们其他的人，我们是走绳的艺人，我们没有退休的养老所！如果国家做了这种好事的话，一定有许多的天才要去请求养老金！我四十二岁了，我变得跟鼹鼠一般的懒惰。我觉到：我的爱情（他非常温存的吻她的手）只能够使你变成不幸。你知道我二十二岁就和佛罗林同居；但是年青的时候可以宽恕的，那时期觉得有意思的，四十岁的时候却觉得不体面。一直到现在为止，我们曾经共同负担过我们的生活重担。十八个月以来我们的生活并不是美满的。为着忠心于我起见，你就穿着黑布衣，然而这却损伤了我的体面……”

迪娜耸一耸肩，这伟大的动作可以等于全世界的一切演讲……

“是的，”埃田继续说，“我知道，你为我的趣味牺牲了你的一切，甚至于你的美丽。至于我呢，我的心消磨在争斗里，我的灵魂充满着我对我的前途的恶劣的预觉，我并不用同样的爱情来回报你的甜蜜的情意。我们一向都是很幸福的，好久以来我们都没有什么风波……哎，我不愿意看见这首这么美丽的诗结局是那样的恶劣，我难道错了吗？……”

拉包特莱伊夫人太爱埃田了，克拉疑先生的慎重的敏慧使她快乐而干涸了她的眼泪。

“所以，他是为我而爱我了！”她用眼里的微笑瞧着他，自己对自己说。

四年的亲密之后，这位女人的爱情结果就凝结了我们的分析精神所发现的，近代的社会所创造的一切的阴云；晚近逝去的贝黎（斯当达尔）[1] 是这时代的一个最著名的人物，他的死还使文艺界大为哀悼。他是第一个描写这些阴云的特性的人。陆士铎对迪娜施展这种只能用磁力学来解释的蛊惑的力量，这种力量使心身的能力都发生错乱，破坏了女人身上一切反抗的源泉。陆士铎的一瞅眼，放在迪娜手上的他的手，这就可以使她变成整个服从的。这个男人的一句甜蜜的话，他的一个微笑，这就可以使这位因为他的一眉目或一冷眼就受感动或悲哀可怜的女人的灵魂开花；当她给他伸过手臂跟着他的脚步在街里或大马路上行走的时候，她就这么样整个的和他熔化在一起，甚至于她都损失了她的自我的意识。受了这位孩子的精神的眩惑，受了他的举止态度的催眠，她只把他的恶习看做是微末的小错。她喜欢从花园被风吹进卧室的一缕一缕的雪茄烟，她走去吸进这烟缕，她没有做出任何的难受的脸色，她偷偷的享受他。她最恨书商或是报馆的经理，因为他们拒绝不给陆士铎钱，说是陆士铎已经预支了极大的数目。她甚至于相信这位游荡歌人写了一篇小说，这小说的价值可以让他收到，而不是让他付还他所久已接受的金钱的数目。这无疑的是

---

① 贝黎·亨利（Henri Beyle）笔名斯当达尔（Stendhal），一七八三年生于格勒诺布（Grenoble），一八四二年死于巴黎，乃法国一著名文学家。

真正的爱情，它包含着一切方式的爱恋：心灵的爱情，头脑的爱情，感觉的爱情，偏私的爱情，依据贝黎所下的定义。迪丁过分的爱恋，所以当她的正确而不断在巴黎练习的批判的感觉让她看清楚陆士铎的灵魂的时候，她的感觉就胜过理性，给她提出许多宽恕的理由。

“并且我，”她回答他说，“我是什么呀？一个脱离社会的女人。当我缺乏女人的光荣时，为什么你不为我牺牲一些男子的光荣呢？我们难道不是生活在社会的礼仪之外吗？为什么不从我处接受到拿坦从佛罗林处接受到的东西呢？……当我们离开的时候，我们可以算一算账，并且……你知道！……只有死可以使我们分离。你的光荣，埃田，这就是我的喜庆；正如我的光荣是我的坚贞和你的幸福一般。如果我没有使你幸福的话，一切都说过了。如果我给你苦痛的话，请你责罚我。我们的欠债还清了，我们有一万佛郎的年金，我们两个人每年还可以好好的赚上他八千佛郎……我要写剧本！每月有了一千五百佛郎，我们不是要跟罗特弃德一样富吗？你放心。现在，我要穿好看的衣服，我要每日给你虚荣的快乐，就像参加拿坦的初次公演那一天似的……”

“那末你的母亲呢？这位每日到教堂去做弥撒，这位要给你带一位牧师来，叫你放弃你的生活方式的令堂呢？”

“各人有各人的恶习。你抽烟，她给我说教，这可怜的老太太！但是她也照应孩子们，她带他们去散步，她的忠诚是十全的，她崇拜我；你要阻止她痛哭吗？……”

“不过，人家要怎么批评我呢？”

“然而我们并不是为社会而活着！”她一边喊，一边扶起埃田，让他坐在她旁边。“何况有一天我们还可以结婚哩……我们还有机会遇到海……”

“我并不想这个！”陆士铎天真的嚷着，他却自己心里想：“等到拉包特莱伊回来之后，总有时间跟她断绝关系。”

从这一天起，陆士铎生活得非常的奢华。迪娜可以在初次公演里和穿着巴黎最好看的女郎们争艳。自喜有这家里的幸福，陆士铎就自傲的在朋友们面前扮演着一位被拉包特莱伊夫人所疲劳、烦扰和毁灭的男子。

“噢！我要如何喜欢把我从迪娜手里解放出来的朋友啊！可是谁也没有办到！”他说，“她爱我都爱到听我说到这句话就会从窗口跳下自杀的田地。”

新闻记者叫人家抱怨，当他接受一个约会的时候，他总提防迪娜的妒忌。总之，他做了许多无耻的不忠实的事情。克拉疑看见能够致富，能够居在高位，将要完成她的最初的野心的迪娜陷在这样不光荣的环境里，他不禁真切的悲痛。当他来对她说“人家骗了您啦！”的时候，她就回答说：

“我知道。”

法官呆呆的愣住，他又找到话来探询。

“你还爱我吗？”拉包特莱伊夫人问他，打断了他的第一句话。

“我就是死也要爱您！……”他惊异的说，笔直的站在他的脚尖上。

可怜的男人的眼睛就变得和火把一般，他就像树叶一样的颤抖，他觉得他的咽喉不能弹动了，他的头发连根的颤动，他相信有被他的偶像看做报仇的人的幸福，这恶劣的思想和却使他快乐得几乎发疯了。

“您为什么惊讶呢？”她对他说，让他重新坐下，“这既是我所以爱他的道理。”

法官于是就懂得所谓“以子之矛攻子之盾”的论辩！他眼里满充着泪珠，他这个刚请人家判决一个男子死刑的人！陆士铎的厌倦，这同居生活的可怕的结局，就从成千的琐事里显露出来，就好像是人家爱恋时就在那里做梦的迷宫的水晶窗上所投射的沙粒似的。这些结成石块的沙粒，迪娜只能够在他们结成石块那么大的时候才看得见。拉包特莱伊夫人始终判断清楚陆士铎的为人了。

“这是一个不能抵抗不幸的诗人，”她对她的母亲说，“他是因为懒惰，而不是因为心灵的缺点而懈怠，他有点过分喜欢色情；总之，这是一个人家没有法子怨恨的猫。没有我，他要变成什么样子呢？我阻止他结婚，他没有前途了。他的才能一定会消灭在穷苦里。”

“噢！我的迪娜！”毕埃德福夫人嚷着说，“你是生活在哪一种地狱里啊？……到底是哪一种情绪让你有力量继续生存呢？……”

“我要变成他的母亲！”她说。

人家只能够在朋友们看出我们受辱的时候才去下决心。这就是这种可怕的地位。人家和自己调解，因为人家躲避检察官刚才所说的警戒。和侍奉妇女的男仆一样鲁莽的克拉疑先生刚刚当了迪娜的侩子手！

“为着保全我的爱情起见，我要学邦巴都尔夫人①为着保持权力的做法。”克拉疑先生走了的时候，她对自己说。

这句话已经够得说明她的爱情已经变成如何的沉重了；她的爱情要变成一种工作，而不是乐趣。

---

①　Madame de Pompadour 路易十五所喜欢的一位侯爵夫人，艺术的爱好家，就是她使路易发动了七年战争。

第四部　孔斯坦著《阿窦尔夫》注

四八、秘密的争斗

迪娜所扮演的新角色是万分悲痛的，但是陆士铎却不让她容易扮演。当他晚饭后要出去的时候，他就扮演了许多动情的小戏，对迪娜说了许多十分温柔的话，他用锁链擒住他的情妇，当他刺痛她的伤痕的时候，这忘恩负义的浪子却说："我把你弄痛了吗？"

这些假意的殷勤，这些矫饰的礼仪在迪娜方面有的时候却有奇怪的结局，她相信这是回返温柔。不幸得很！母亲怯弱的把地位让给迪丁。她觉得自己是这位男人手里所要的玩具，最后就对自己说："好罢，我要当他的玩具！"而我找到热烈的快乐，堕落的享受。当这位具有男性精神的女人陷进孤单的沉思的时候，她就觉得她的勇气几乎损失殆尽。她宁可选择预先见到的苦刑，这种凶恶的亲密，这种由于悔疚所生的甜蜜的享受的消除，这种可怕的内心的争斗，这种变成"是的"的"不是"所不能避免的苦刑。这随时都是沙漠中所寻到的一滴咸水，旅行家喝到咸水要比他在王子桌上喝到的上等葡萄酒觉得更为甘美。

当迪娜半夜对自己说"他要回来呢，还是不回来呢？"的时候，她只在听见熟识的埃田的靴声时才恢复她的生命，她认识他按铃的方式。她常常好像擒住马勒一般的尝试她的情欲，她用她和情敌的争斗来取乐，不让她们进入这饱和了的心坎。多少次了，她却在扮演《一位囚徒的末日》的角色[①]，而对自己说："明天，我们要离别了啦!"多少次了，一句话，一个眼色，一个天真的妩媚又使她重新堕入情网！这往往是惨痛的！她不只一次在自杀的旁边徘徊，在生长苍白色花朵的巴黎草地上踱来踱去！总之，她并没有用竭爱恋的女人心中所藏的庞大的忠诚和爱情的宝库。

《阿窦尔夫》是她的圣经，她研究这本书；因为无论如何她不愿意当埃丽诺尔。她避免流泪，提防批评家所描写的一切苦楚，批评家给这部刺心的小说加以分析，迪娜觉得他的注解要比原书写得更为出色。所以她就常常重温附在新版的《阿窦尔夫》前面的这篇《世界杂志》所发表的唯一的批评。

"'不,'"她重复念读这惨痛的句子，对自己说，"'不，我不要在我的祈祷里加上命令的口吻，我不要忙于流出慷慨激昂的仇恨的热泪，我不要批评从前我毫不抑制加以赞同的行为，我不要用怪眼去呆视他的脚步；如果他逃走的话，回来的时候他就找不到一张傲慢的嘴了，这张嘴的接吻是一种不能抵抗的命令。不!我的缄默不能是抱怨，我的话不能是争吵！……'我不要当一位庸俗的女人,"她一边对自己说，一边把这本黄色的小书放在她的桌上；这本书已经让她赢得陆士铎的这句话："瞧，你念《阿窦尔夫》啦!""我不是可以有一天让他认识我的价值而对他自己说'这牺牲品从来没有叫唤过!'吗？这也就够了！何况其他的人只有一些时刻，而我，我却整个的生命如此呢!"

---

① *Dernier Jour d'un Coudamné* 是雨果反对死刑，主张取消死刑的一篇作品。

拉包特莱伊先生自信妻子的行为授权他在家庭法庭里刑罚她，他巧妙的偷走她的家产，去完成他的企业，耕种了一千二百亩的灌木，自从一八三六年之后，他就靠这收入和一只老鼠一样的生活着。他很顺利的处理毕埃德福·西拉斯先生的遗产，他甚至于能够减低正式清单上的数目到八十万佛郎，而事实上却带回了一百二十万。他没有告诉他的妻子他的归国；但是，正当她万分苦痛的时候，他却建筑他的农场，他却挖掘壕堑，他却种植树木，他却从事大胆的开垦，使人家看来是柏利最出色的一个农学家似的。从妻子处取来的四十万佛郎三年之内都用在这种工程上，而施工的土地也应当可以在一定的时期内生产七万二千佛郎的年租，捐税除外。至于那八十万佛郎呢，他就把他用来购买八十万价码的四分五年息的公债，谢谢所谓“五月一日”的内阁的财政困难。这样从妻子处得来四万八千佛郎的年金，他就觉得跟他的妻子清了账了。一旦这四分五年息的公债涨到一百佛郎以上的价码，他不是就代表了一百二十万佛郎吗？他在桑西尔的重要性只能够被他的假想敌法兰西最富的地主的重要性所压制。他看到能够获到千万佛郎的年金，其中九万佛郎的地租就是构成他的世袭封爵的财产。算一算除去收入之外，他得付一万佛郎的捐税，三千佛郎的用费，一万佛郎给他的妻子，一千两百佛郎给他的岳母之后，他就在高朋满座的文艺社里说：

“人家说我是个吝啬人，我一个钱也不花，其实我的花费每年还高到两万五千佛郎哩。我不久还得付两位孩子的教育费哩！这绝不会让那维尔·米罗们高兴，但是拉包特莱伊家的幼房也许会有和长房同样光荣的事业。我大约要到巴黎去请求法兰西国王封我伯爵的衔头（罗伊先生是伯爵），这可以让我妻子快乐，因为人家要叫他做‘伯爵夫人’。”

这些话是这样冷静说了出来，谁也不敢嘲笑这个矮个子。只有布瓦路慈院长回答他说：

“要是我当了您，除非有个女孩子，我却不会相信自己的幸福。”

“可是，”男爵说，“我不久就要到巴黎去……”

四九、道德战胜的时刻

一八四二年开春，拉包特莱伊夫人觉得自己总是让人看得越来越坏，她又回到自暴自弃的路上来（这却正好是陆士铎所愿意的）：她又穿上了黑衣；但是这一次她却举起丧来了，因为她的快乐变成了悔疚。她常常觉得自己太为耻愧，她不至于不会不时的感觉到她的锁链的重量，她的母亲也很惊讶她这期间的深沉的思虑，在这种深思里，前途的瞻望往往使不幸的人堕进昏迷。在忏悔师的劝告之下，毕埃德福夫人探伺着牧师预言的将要到来的懈怠的时刻，她的声息将要为孩子们控诉的日子。她愿意要求分居，而不强索心灵的隔离。

在现实的世界里正如在书本里一样，这种混乱的景象却并不会因为死亡或巧妙安排的惨剧而结束；这种景象不大会因为厌腻，一切心灵的花朵的凋谢、习惯的庸俗而中止，它往往会因为扰搅包围女人们的兴趣的其他的感情而停顿。当善良的感觉、社会的规律、家庭的利益、一切天主教所怀恨称呼的复辟时期的公德都由略为剧烈的伤痛的情感来支持，当忠诚起了懈怠而几乎要走到灭绝的地步，当男人们只让自信为其主人的女人们的懈怠在这受到剧烈打击的环境里走到极端厌腻、极端觉悟的时候，追求痊愈的朋友的时刻也就降临了。毕埃德福夫人没有多少事情可做，可以让她排除她的女儿的眼翳。她叫人去寻找副高等检察官。克拉疑先生完成了他的工程，他对拉包特莱伊夫人说，如果她放弃和埃田同居的生活的话，她的丈夫会把孩子们留给她，允许她在巴黎，让她有处置她自己的财产的权利。

“这是什么生活啊！”他说。“小心的提防，请求敬虔和慈悲的女信徒的援助，她就能够组成一个沙龙，恢复您的地位。巴黎不是桑西尔！”

迪娜托克拉疑先生跟矮个子老头儿交涉和解。拉包特莱伊先生善价出售他的葡萄酒，他的羊毛，打破了他的藏库，没有告诉他的妻子而跑到巴黎来，投资了二十万佛郎，买了阿尔加德街的一间大房子，一位遭祸的权贵拍卖出来的大厦。自从一八三六年以来，他就当了地区的参议会议员，他纳了一万佛郎的捐税，在这两方面他都适合了新制法规对于世卿资格的要求。一八四二年的普选之前一些时候，他就宣称：如果他不能够封为法兰西世卿的话，他就要当候选人。他又请求封他伯爵的衔头，升他为十字勋级会的指挥官。在选举方面，一切能够稳固本朝的任命的，在大臣们的眼睛里都是恰当的；如果拉包特莱伊先生参加政府的话，桑西尔就要变成比任何时候都更受理权主义的沾染。克拉疑先生的才干和他的谦逊越来越受人们的欣赏，他支持拉包特莱伊先生；他指出在这位勇敢的农学家受封为世卿的高升里可以保证物质上的利益。一旦被封为伯爵，法兰西的世卿，十字勋级会的指挥官，拉包特莱伊先生就有虚荣心，希望有个夫人和排设美观的房子：——他说他要享受人生。所以他就在副高等检察官的口授之下写了一封信，请求他的妻子到他的公馆来居住，给他排设，用当施别宫所给他证明的趣味，他说，来给他布置。新任的伯爵对他的妻子说他们的地产不允他离开桑西尔，然而孩子们的教育却需要她居留在巴黎。殷勤的丈夫就托克拉疑先交给伯爵夫人六万佛郎，请她来布置拉包特莱伊公馆的内部，提议在通车的门上嵌入一块云母石，上面写着：拉包特莱伊公馆。然后，他就给他妻子清算毕埃德福·西拉斯的拍卖的结果，宣布了他从纽约得到的八十万佛郎之如何投资在四分五年息的公债上，说是就用这一笔款充作她的费用，包括孩子们的教育费。参议院开会的时候，他会一半被迫到巴黎来，他就请求他的妻子在庖厨上面给他保留一个小寓所。

“啊，这个！可是他变成青年了，变成绅士了，他变成伟人了；他还要变成什么啊？这简直让人发抖。”拉包特莱伊夫人说。

“他满足了您在二十岁时所有的一切欲望。”法官回答说。

将来的命运和现实的命运比较，这并不是迪娜所能忍受的。前一天晚上，方登·安娜还转过头去，连瞧都不瞧仓玛罗尔学舍的知己。迪娜对自己说：

“我是伯爵夫人了，我可以在车上盖上一只蓝色的世卿的车顶了，我可以在我的客厅招待文学界的名流了！……我可以见到她，我！……”

这小小的快乐就用整个的重量压在她的变化的时刻上，就好像社会的轻蔑曾经压过她的幸福似的。

五十、只有死可以分离的两个人

一八四二年五月某一天，拉包特莱伊夫人付还她的家庭的账目，而在纸捆上放下清账的一千厄古。把她的母亲和孩子们送回拉包特莱伊公馆之后，她就穿得整整齐齐的等着陆士铎，好像要出门似的。当她的从前的“心王”回来吃饭的时候，她就对他说：

“我打翻了饭锅了，朋友。拉包特莱伊夫人请您到冈卡尔岩饭馆吃饭去。来罢！”

她带领着因为这位气度自如的妇人的神气而愣住的陆士铎。这位妇人当天早晨还给他贡献许多的柔情，因为两个月以来她也扮演着她的喜剧！

“拉包特莱伊夫人打扎得这样的整齐，好像要去参加初演似的。”他说着，用了一个新闻界行语的简称。

“请您不要忘记您所应当给拉包特莱伊夫人的尊敬，”迪娜严肃的说，“我已经不愿意听见这句什么打扎了……”

“迪丁造反了吗？”他一边说，一边搂住她的腰。

“迪丁已经不存在了，您已经杀死了她，朋友，”她一边脱离他的拥抱，一边回答说，“我要给初次公演拉包特莱伊伯爵夫人的见面礼……”

“难道我们的飞毛虫真的当了世卿吗？”

“克拉疑先生告诉我今天晚上就可以在《劝世报》上发表任命的消息，克拉疑先生自己也升到大理院去。”

“事实上，”新闻记者说，“社会昆虫学必得呈交议院……”

“朋友，咱们永远分离罢，”拉包特莱伊夫人一边说，一边抑制自己的颤抖的声音，“我辞走了两位佣人。回家的时候：您可以发现您的家里都是有条有理的，没有欠款，我对您总会永远怀有一颗母爱的心，但却是秘密的怀着。咱们静悄悄的离开罢，像正经的人似的，别张声。您有一句可以谴责我六年来的行为的话吗？”

“没有，如果不是破坏我的生活和我的前途的话，”他用干脆的腔调说。“您念孔斯坦·边查民的书念得太熟了，您而且还研究过人家写的最后的批评；但是您只是用女人的眼睛去念他。虽然您有这种可以使您得到诗人的幸运的智慧，您还不敢采取男人的眼光来看东西。亲爱的，这部书是两性的书。您知道吗？……我们曾经分别过阳性的书和阴性的书，金栗色的书和黑色的书……在《阿窦尔夫》书中，女人们只看到埃丽诺尔，年青的男子只看到阿窦尔夫，政治家却看到社会的生活！您没有钻进阿窦尔夫的心灵，就像您的批评家只看到埃丽诺尔一般。亲爱的，杀害这可怜的孩子的就是为着一位女人而牺牲了他的前途，不能够实现他所应当做得的，既不能当大使，也不能当大臣，既不能当内侍，也不能当诗人，当富人。他在一位男子可以忍受粗野的生活去学习某种事业的时期花费了六年他的精力，当了忘恩负义的事业的傻瓜，因为一个能够离开第一个丈夫的女人尽早也总会扔下第二个。总之，阿窦尔夫是个没有觉得有欺骗埃丽诺尔的力量的带有金栗发的德国人。世界上有许多的阿窦尔夫宽恕他们的埃丽诺尔的不名誉的吵闹和埋怨，而对自己说：'我不要说到我的损失！我绝不要让人家看见我的血拳所嘉许的自私主义，就像《柏尔特之美女》书中所述的拉莫尔尼所做的一样。'但是这些人，亲爱的，人家却离开了他们……阿窦尔夫是个世家的孩子，是一颗要走进光荣之路而重新获得社会嫁资和受累地位的心田。现在，您是同时扮演两个角色。您觉到失去的地位的苦痛，您却相信有摈弃一位可怜的情人的权利。这位情人未免不幸，因为他相信您是相当高超的，可以让他认为：如果男子的心灵必得坚贞的话，性的问题可以走到放任偏情的地步……"

"那末，您相信我没有想到还给您我所让您损失的东西吗？请您放心，"被这叱责所惊惧的拉包特莱伊夫人回答说，"您的埃丽诺尔并没有死，如果上帝供给她生命的话，如果您改变行为的话，如果您放弃什么'罗勒黛'和女戏子的话，我们会觉得您比一位葛尔杜·飞莉茜强。"

两个情人都不愉快：陆士铎装做悲愁，他要显得干脆冷淡的样子；真正悲愁的迪娜则听着自己的良心的谴责。

"为什么，"陆士铎说，"不学开始的时候一样的给一切的眼睛瞒着我们的爱情，秘密的见面。"

"绝不！"新任的伯爵夫人采取了一种温存的神气，说，"总之，您没有想到我们是有限的物类吗？因为上天所给我们的推知，我们觉得我们的情感似乎是无限的；但是在这世上，这些情感却因为我们的组织而只有有限的力量。有的人是天生柔弱，能够接受无限的创伤而生存的，但是有的人却特别的锻炼而终于在打击之下破碎了。您给我……”

“噢！得啦，”他说，“咱们别做文章啦！……我觉得您的文章是无用的，因为您可以用一句话就说完了：‘我不爱您啦！’……”

“啊！这是我不再爱您吗？……”她烦恼的喊道。

“当然啦。您计算过我所给您产生的多半是悲愁、烦忧，而不是快乐，您就离开了您的伴侣……”

“我离开他！……”她挥起双手，喊着说。

“你不是刚说‘绝不’吗？……”

“好罢，是的，绝不！”她用力的接着说。

这句因为骇怕重新堕入陆士铎的魔力而说出的最出色的绝不，在陆士铎方面解释起来，认为就是他的力量的结束，因为这时刻迪娜对于他的讽刺是没有感觉的。新闻记者忍不住落下一滴眼泪：他损失了一个诚恳的无限的情爱。他在迪娜身上找到一个国王以外的自私者所能希求的最温和的拉发里埃，最雅致的邦巴都尔；正如儿童看见用力烦扰金龟子而杀死了它一样，陆士铎也哭了。拉包特莱伊夫人跑出了吃饭的小厅，付清了餐费，一边斥骂，一边觉得自己未免太乎凶猛的跑进了阿尔加德街中去了。

五一、拉包特莱伊伯爵夫人变成一位忠实的妻子

刚把她的公馆弄成舒适生活的模范的迪娜自己也起了变化；但是这种变重的变化却花去了三万佛郎，超出了新任法兰西世卿的预计。使奥黎昂王室损失嗣君的不幸的事发引起了一八四二年

八月参众两议院的联席会议，矮个子拉包特莱伊出乎意料之外居然能够更早来给参议院呈报他的衔头，他也看到了他的妻子的工作。他非常的快乐，甚至于拿出了三万佛郎，没有说一句任何的话，就像当年他拿出八千佛郎去布置拉包特莱伊似的。依据惯例，他是由两位世卿，儒僧庄男爵和孟特里物侯爵给他带领到卢森堡[1]去的。从参议院回来的时候，新任伯爵碰见了他的一位旧债权人老楚刘公爵，手里拿着伞，步行着，然而他却安坐在小矮车里，车的雕板上光亮着他的徽章，上面有这句格言：上帝这样的发扬法规和人性。这个比较给他的心灌上了一八三〇年以来中产阶级所迷醉的药剂。拉包特莱伊夫人看见他的丈夫不是他们结婚的时候那个样子，不禁大为惊愕。在极度的快乐下，矮个子居然能够在六十四岁的年华胜利了，因为他有了人家所不相信的生活，他有了美男子那维尔·米罗所禁止他的家望，他有一个接待欢宴克拉疑先生夫妇、阿松布仓教堂的教士和带他到参议院去的两位介绍人的妻子。他用傲慢的快乐态度来摸抚他的孩子。他称赞宴会的完美。

“这原来就是柏利的金羊章[2]，”他指着带有新爵冠顶的几个钟对儒僧庄先生说，“它们是银的！”

虽然迪娜心里侵蚀着一种真正的超等女人用力忍住的深长的悲哀，她却显得非常的悦人，非常有精神，衷心哀怨而外表活跃。

“人家一定要说，”矮个子拉包特莱伊指着他的妻子对儒僧庄先生说，“伯爵夫人还到不了三十岁！”

“啊！太太是个三十岁的女人吗？”男爵接着说，他说笑话，

---

① 卢森堡即参议院所在地，其地为一公园。

② 柏利是出产羊毛的省份，金羊章又是一种徽章，这是一句非常得意的话。

因为他觉得这是谈论的材料。

“从这句话的深意方面来说，完全对的，”伯爵夫人回答说，“因为我三十五岁了，我也希望心里有个感情……”

“是的，内人用中国的古董[①]毁了我了”。

“太太早就有这癖好。”孟特里物侯爵微笑着说。

“是的，”矮个子拉包特莱伊接着说，冷冷的瞧了瞧他在布尔慈所认识的孟特里物侯爵，“您知道她在二五、二六、二七年收集了不只一百万的古董，简直把当施弄成了一间博物院……”

“真平稳！”克拉疑先生看到外省的矮小的吝啬人站在新地位的高峰，心里这样想。

吝啬的人的各种花费其实都是一种积蓄。参议院通过摄政法案的第二天，法兰西的短小的世卿就到桑西尔来收成葡萄，恢复他的习惯。

一八四二年冬季，在大理院副高等检察官的帮助之下，拉包特莱伊伯爵夫人计划组织一个会社。当然她就抽了一天，在名流中选择了一些人，她只愿意看见严肃成熟的人。她到意大利剧院和国立音乐厅去消遣。她每星期两次带她的母亲和克拉疑夫人（法官强迫夫人去看拉包特莱伊夫人）到那儿去。但是，无论她是如何有精神，如何可爱的样子，如何带有时髦女人的气象，她都只能够被孩子们认为是幸福的，她对他们施展假装的柔情。可敬的克拉疑先生替伯爵夫人的会社征集了许多女人，而达到目的！但是他的成功多半是在敬虔的女信徒方面，而不是上流社会的妇女。

“她们让她烦厌！”他看见他的偶像因为不幸而成熟，因为悔

---

① 这是一句双关语。“中国的古董”是骂人的话，意思是中国式的糊涂怪事。

疚而苍白，因为奢华的生活和母爱而重新发出美丽的光辉，不禁恐惧的对自己说。

在迪娜的母亲和教区的教士的支援之下，忠诚的法官之筹设计策，实在是值得钦佩的。每星期三他都给他的亲爱的伯爵夫人介绍几个德意志、英吉利、意大利或普鲁士的名流；他认为她是一个比较她只给他们说两句话而非常用心听他们说话，使他们佩服她的高超而走开的人们更为超卓的女人。在桑西尔，迪娜用多辩之才征略世界，在巴黎，她却用寂寞寡言克服社会。不时不时的，对于事物的一篇讽刺诗或是对于可笑的事情的几句批评就给她表现她是一个善于创造新思想的女人，四年以前，这些思想曾经培植过陆士铎的副刊。这一时期之于法官的感情就好像是没有太阳的岁月所谓的圣马丁的夏季似的。他装得更为年老的神气，因而能够有权利当迪娜的朋友，而不至于对她做出错事；但是，就好像他是年青，美丽而会招祸的男子似的，他不敢过分接近她，站在一位应当隐蔽幸福的男子的地位上。他想方法最秘密的隐瞒他对迪娜的小看顾，他给迪娜的小礼物，然而迪娜却光明正大的指出他们。她设法给他的服从加上一些危险的意义。

“他是扮演爱情戏。”伯爵夫人笑着说。

她在克拉疑先生面前笑话他，法官就对自己说：

“她关心我啊！”

“我给这位可怜的男人这么大的印象，”她笑着对她的母亲说，“我甚至于相信，如果我说‘是’的话，他一定要说‘不’。”

五二、一个回忆

一天晚上，克拉疑先生带回他的妻子和他的亲爱的沉思的伯爵夫人。他们三个人刚刚参加高慈兰·黎昂[①]的第一部剧本《左右手》的初次公演。

“你想什么呀？”惊异偶像的悲哀的法官问。

侵蚀伯爵夫人的隐蔽而深长的悲愁是法官不知道克服的一个危险的病痛，因为真正的爱情往往是笨拙的，尤其当这爱情是单思的时候。真正的爱情给性格印上了他的形状。高贵的法官的爱情是阿尔西斯特[②]式的，而拉包特莱伊夫人却要人家用菲冷特[③]的方式来爱她。爱情的懈怠不大适合愤世者的正直。所以迪娜提防，不把她的心打开给她的男侍看。她怎么能够敢于供认有的时候她抱恨以往的卑污呢？她觉得在社会生活里有个庞大的空虚，她不知道得跟谁报告她的成功，她的胜利，她的服装。有的时候，对于穷苦的回忆就回来渗杂着她对吃人的情欲的回忆。有的时候她但愿陆士铎不再关心她，因为她曾经希望过能够收到陆士铎的信，不论是温柔的或是忿恨的。迪娜并不回答，法官拉着伯爵夫人的手，重复的再问她，而用忠仆的神气把她的手紧握在自己的手中。

“您要左手呢，还要右手呢？”她微笑的回答。

“左手，”他说，“因为我假定您是说谎话，又是说真话。”

“好，我看见了他了，”她答辩说，只要让法官一个人听见的神气，“看见他这样的悲哀，这样的失望，我就对自己说：‘他有雪茄吗？他有钱吗？’”

“呃！如果您要我说真话的话，我就告诉您，”克拉疑先生惊惶的说，“他跟保布利·方妮就像夫妇一样的生活在一起。您让我

---

① Léon Gozlan 是巴尔扎克同时的法国文学家。

② Alceste 是莫利哀《愤世者》（*Misanthrope*）剧中的人物，性格倔强。

③ Philinte 也是《愤世者》剧中的人物，性格柔和，正与前者相反。

说出这个机密；我从来没有告诉过您，您也许还以为我心里有什么不正当的感觉哩。”

拉包特莱伊夫人给副高等检察官握手。

“您有一位最稀罕的丈夫，”她对她的保姆说。“啊！为什么……”

于是，她就靠在轿式马车的角落里，从车里的玻璃看着外面；但是她却抑制没有说出其余的话，副高等检察官猜想这话是：“为什么陆士铎就没有一点儿您丈夫的高贵的品性呢？……”

不过，这消息总算是消散了拉包特莱伊夫人的忧愁，她投身于时髦妇女的生活；她要成功，也得到成功；但是她在妇女界里却没有多大的进步，她总觉得不容易在那里使人明白她。三月的时候，毕埃德福夫人的牧师朋友和副高等检察官给她一个大打击，让人家任命拉包特莱伊夫人为加尔加多夫人所创办的救济会的募捐员。总之，她受朝廷的命令去征求救济瓜德落坡地震的牺牲者的捐款。卡拿利先生在国立音乐厅给埃斯巴尔侯爵念读这些贵妇的名单，侯爵听到伯爵夫人的名字，就说：

“我在社会上混得很久，我记不出有什么可以比挽救拉包特莱伊夫人的名誉更美的事情。”

五三、一个意见

我们的行星的偏情使春天的日子自一八四三年三月初旬起就开始在巴黎吐出明媚的光辉，使人家可以看见苍细莉茜的树叶和郎苍的丝芽。好几次了，保布利·方妮的情人都在散步中看见拉包特莱伊夫人，而没有被她看见。当他看见旧日的情妇端坐在美丽的车中，穿得一身的齐整，一种幻梦的神气，两只车帘的旁边都有她的一个孩子的时候，他就被一种妒忌的动作和外省生长的人的羡欲而不止一次的刺心。他自己谴责自己，因为他觉得自己受到一个最为尖锐的穷苦，一个隐蔽的穷苦所侵袭。正如一切生性虚荣和轻佻的人一样，他总屈服在不愿意在群众的眼里降格，使交易所的客人犯了合法的罪过而不至被驱出这投机的寺院，给一些罪犯勇气去做一些道德的行为的奇怪的光荣之下。陆士铎就好像是富翁一样的吃晚饭，吃中饭，抽他的烟。为着一个承继起见，他并没有缺乏采购最贵重的雪茄，来自己享用或是供给和他有债务来往的剧作家或是散文家。新闻记者穿着漆皮鞋走路；但是他却怕“全部没收”，依据执达吏的话来说。保布利·方妮已经没有任何可以抵押的东西，而他的薪水也被执达吏扣得干干净净了！耗尽了从杂志社、报馆和书店方面所可能弄到的预支之后，埃田就不知道还有什么变出金钱的法术。这样抑制的赌博已经不能够像从前那样替他偿清无望的穷苦叫他从当铺柜台的绿毡上取来的银票。总之，陆士铎穷到了无以复加的地步，他甚至于刚从他最穷的朋友毕克西乌那里借到了一百佛郎！他从来没有向毕克西乌借过钱。

使陆士铎最感苦痛的，这并不是他短了五千佛郎的债，而是看见自己穿得不漂亮，拉包特莱伊夫人所给他添置的家具被他拿去清账。四月三日，在墙上发亮一些时候再被门房撕去的黄色的通告指明法院规定的拍卖的日子，星期六，将要举行一次美丽家具的拍卖。

陆士铎散步着，他一边吸雪茄，一边想主意；因为在巴黎，许多的意见都是在空中飞舞的，他们在一条街角里对您微笑，他们是跟车轮的泥土一同从轮下滚出来的！这位流荡者已经搜索了一个月他的评论的意见和他的小说的题材；但是他却只找到请他吃饭看戏而安慰他说香槟酒可以给他灵感的朋友们。

“你得小心，”一天晚上，凶恶的毕克西乌对他说，毕克西乌是个可以给朋友一百佛郎又可以用一句话去伤刺朋友的心的人物。“你老是昏醉的睡觉，醒来的时候，你一定会发疯的。”

拍卖前一天，星期五，无论这不幸的人如何惯于贫贱，他却和被判死刑的罪犯一样的发愁。从前他曾对自己说：“嘿！我的家具太旧了，我要换一副新的。”但是他觉得他已经没有用文学的力量来重新耍把戏的可能了。因为伪版而赔累的书店只付极少的稿费。报馆对于被攻击的才子的报酬是很小算的，正如戏院的经理对唱低一个音阶的男高歌咏家非常的小算一样。他就眼睛瞧不见的看着群众，嘴上衔着一枝雪茄，双手插在裤袋里，脸孔向内收缩，唇上挂着苦笑，走到她的面前。于是，他就看见拉包特莱伊夫人坐在车里从楚茜一当丁街驶上大马路，到树林去。

“只有这个办法了。”他对自己说。

他回到家里来，装饰了自己。晚上七点钟，他坐公共马车到拉包特莱伊夫人的家门，请求门房交给伯爵夫人一封这样内容的信：

伯爵夫人愿意接见陆士铎先生一会儿？愿意立刻接见他吗？

五四、可怕而真实的结局

这封信是用当年两位情人所用的印章印的。拉包特莱伊夫人曾经叫人家在一颗真正的东方玛瑙上刻着“因为!”这几个字。这一句伟大的话，女人的话，可以解释一切，甚至于创造世界的话。伯爵夫人刚刚装束完毕，预备到音乐厅去，星期五是她定好包厢的日子。看见了这印章，她不禁脸色发白。

“叫他等一等!”她一边说，一边把信塞在上衣里。

她居然有力量隐藏她的不安，她请求她的母亲安睡她的孩子

“这世界上也只有你能够给我伸出救生棍。”陆士铎说。

们。然后她就叫人家告诉陆士铎，请他进来，她在接近大客厅的一间大开门户的化妆室里接待他。看完戏她得到跳舞会去参加跳舞，她穿了一件绣有一条粗花纹一样草黄纹的甘美的绸袍。她那带穗的手套让人家看见她的美丽的白皙的胳臂。她的花边发亮着，她穿了一切的时髦的小玩艺。她的塞维额式的发髻给她产生一种细致的气度。珍珠的项链在她的胸脯上就好像是雪上的气泡一般。

“您有什么事呀，先生?”伯爵夫人一边说，一边从袍子下伸出脚来钳夹一块丝绒的垫子。“我相信，我希望我完全让人家忘记了。”

“我要告诉您这是绝不会的，您不愿意相信我，”陆士铎说。他还站着踱来踱去，一边嚼着每一绕弯都从芬郁化妆室的花棚里取来的花朵。

一刻钟的寂寞。研究了陆士铎一下，拉包特莱伊夫人发现他穿得和最谨慎的花花公子似的。

“这世界里也只有您能够救我，给我伸出救生棍，因为我投水了，我已经喝过不只一口的水了……”他一边说，一边停在迪娜的面前，好像是放弃了一种高超的努力似的，“如果您居然看见到我的话，这是因为我的事情弄坏了。”

“够了!”她说，“我懂得您。”

新的寂寞统治在他们之间，在这间歇的时期里，陆士铎转过身去，拿出手绢，好像要拭眼泪的神气。

“您得怎么办呢，埃田?”她用母爱的声音接着说。“这时候我们是老朋友；请您就跟对……对……对毕克西乌一样的对我说……”

“我要一千八百佛郎来防止我的家具明天跳到拍卖委员会的公馆里去！还得有同样的数目来还我的朋友；给您所认识的房东三斯的租钱……我的妗妗还逼我五百佛郎……”

“还有为着您，为着您的生活呢？”

“噢！这我倒有我的笔杆！……”

“那是用来修改人家给您念读的不懂得的笨句子的……”她精细的微笑说。“——我没有您问我的数目……明天八点钟请您来，执达吏要等到九点钟，尤其是您要带他去付钱的话……”

她觉得有辞退假装没有力气瞧她的陆士铎的必要；但是她却生出恻隐之心去解脱社会所联系的一切绳结。

“谢谢您！”她一边说，一边站了起来，给陆士铎伸出手，“您的信托就是给我做一桩好事！……噢！好久了，我心里却没有感觉到这样的快乐……”

陆士铎握了这只手，把它拉来靠在他的胸口，温存的压着它。

“沙漠中的一滴水，……并且是由一个天使的手！上帝总做下许多好事！”

这句话一半是笑谑，一半是温情；但是，请您相信，这是相当美妙的，正如达尔马扮演著名的莱西斯特这一角色的戏剧都是由他用这一种的腔调来演唱的一样。迪娜听见心悸的响音透过了粗厚的布衫：这是快乐的心悸，因为新闻记者避免了司法的罗网，但是同时也是因为看见迪娜在奢华的生活下变成这样的年青，这样的新鲜，而生出一个自然的欲求。拉包特莱伊夫人偷偷的瞧了瞧陆士铎，她看见他的姿势是和这只跳悸的心中所再生的爱情的花朵相调和的；她试把自己的眼睛再一次的插进她曾经这样爱慕过的人的眼睛里，但是一道沸腾的血液却立刻流进她的血管，昏乱了她的脑袋。这两位人物于是就交换了戈斯纳堤岸上给陆士铎胆量去撕破棉布袍的同样的赤红的眼色。流荡歌人搂住迪娜的腰，她也让他抱住，两只脸颊也就互相接触了。

“你快藏起来，我的母亲来了！”大为惊惧的迪娜喊道。

于是，她就跑到毕埃德福夫人的面前来。

“妈妈，”她说，（这句话在毕埃德福夫人方面是从来不会不生效力的妩媚）“您要不要让我快乐，亲身坐车到我们的银行家孟揵诺先生那里去，带着我的信去请您给我取六千佛郎来。您来，您来，这是一桩好事，到我房子里来罢。”

于是她就领着好像要看看跟女儿在化妆室里谈话的人的她的母亲。

五五、这故事的教训

两天之后，毕埃德福夫人和教区的教士开了一个重要的会谈。听了这位失望的老母亲的哭诉之后，教士就严肃的对她说：

“一切不是由伟大的宗教情绪来支持，不是在教会的怀中来追求的道德的改革都是建筑在沙砾的基础之上的……天主教所命令的一切教规，无论是如何的细末；无论是如何的难于了解，都是忍受恶魔所起的风波所必要的。请您想法子让令媛完成一切的宗教课程，那末，我们就可以救她了……”

这会谈之后的十天，拉包特莱伊公馆关了门。伯爵夫人和她的孩子，她的母亲，总之她的全家，再加上一位蒙师都动身到桑西尔去，迪娜要在那里过这美丽的季节。人家说，她对伯爵非常的谄媚。桑西尔的才女就这样好好的回到了她的家中，她的夫家。但是依据一般的谤语，她是被迫回到这里来的，因为矮小的法兰西世卿的欲求无论如何得实现，他希望生个女儿！……总之，加田和葛拉维埃先生都用奴仆的谨慎和注意来看顾美丽的伯爵夫人。人家在文学会里说拉包特莱伊夫人不在的时候到巴黎去学时髦的院长公子颇有取悦这位失去幻想的超等女人的希望。有的人为蒙师打东道，毕埃德福夫人则替宗教辩护。

一八四四年六月中旬，拉包特莱伊伯爵在两位美丽的儿子陪伴下到桑西尔公共散步场去散步；他碰到因事来到桑西尔的检察官米罗先生，就对他说：

“兄弟，这是我的儿子……”

“啊！这是我们的儿子。”狡猾的检察官重复这口气说。

一八四三年六月至一八四四年八月于巴黎